江子，本名曾清生，男，1971 年 7 月生于江西吉水。著有《田园将芜——后乡村时代纪事》《苍山如海——井冈山往事》《赣江以西》《在谶语中练习击球》等散文集。中国作家协会会员，现居南昌，供职于江西省作家协会。

青花帝国

江子 著

GUANGXI NORMAL UNIVERSITY PRESS
广西师范大学出版社
·桂林·

青　花　帝　国

QINGHUA DIGUO

图书在版编目（CIP）数据

青花帝国 / 江子著. —桂林：广西师范大学出版社，2017. 11（2018.6 重印）

ISBN 978-7-5495-9885-4

Ⅰ. ①青… Ⅱ. ①江… Ⅲ. ①散文集－中国－当代 Ⅳ. ①I267

中国版本图书馆 CIP 数据核字（2017）第 141192 号

广西师范大学出版社出版发行

（广西桂林市五里店路 9 号　邮政编码：541004
网址：http://www.bbtpress.com）

出版人：张艺兵

全国新华书店经销

广西广大印务有限责任公司印刷

（桂林市临桂区秧塘工业园西城大道北侧广西师范大学出版社集团有限公司创意产业园内　邮政编码：541100）

开本：889 mm × 1 194 mm　1/32

印张：7.375　　字数：175 千字

2017 年 11 月第 1 版　　2018 年 6 月第 2 次印刷

印数：6 001~11 000 册　　定价：59. 00 元

跟着青花回家

何以，我要写一本以景德镇青花为主题的书？

从地理上，我跟景德镇八竿子打不着。

我是位于赣中的吉安吉水人，而景德镇乃是在距吉安八百里之外的赣东北。

吉安自古也有在景德镇业陶者，其帮会名列景德镇历史上著名的五府十八帮。可我的祖上，为农夫为屠户为小地主为小商贩，就是与陶瓷这一行当没有任何瓜葛。

我与景德镇交集甚少，到三十多岁才有了对它的第一次造访。至今为止，这座城市我认识的人依然不多，更谈不上跟它诸多顶着各种头衔的瓷艺家有多么亲密的交往。

对于景德镇，我其实是一个陌生人。我何以要写这样一部作品？

是瓷器，坦白地说，我是被瓷器这种带有几分魔幻的物什迷住了。

瓷是生活。

从小，我们就与瓷器朝夕相处，并对之敬畏有加。

作为一个乡村出生的人，我有不少的证据佐证这一点：我们手里端着生怕打碎了的是瓷饭碗；乡间巷子拐角处、池塘烂泥间不小心割伤我们脚的是碎瓷片；乡村老宅厅堂之上端坐的是适合春天里插花的瓷瓶；藏身在村子暗影里的雕花鎏金的老床，床体上镶嵌着戏曲故事主题的瓷片；宗祠里是瓷做的香炉；夏天里装凉开水的是瓷壶；村子中间的水井沿边用来纪年的“一×××年×月造”之类的文字是由碎青花瓷片拼起的……

是的，瓷器几乎无所不在。瓷是融入我们家庭生活的伙伴，是村庄里的长辈、血亲。

可以说，无论乡村还是城市，每一个中国人的成长都有瓷器伴随、护佑。

我们很难想象，没有瓷，我们的生活会是什么样子。

瓷是哲学和艺术。

瓷是适合阐释东方美和哲学的载体。

瓷与中国的五行之说高度对应，瓷是金（钴料）、木（窑柴）、水（制泥、拉坯等都需要水）、火（窑火）、土（陶土）的合成之物。还有什么，能比瓷更适合阐释中国人的五行之念？

瓷有着对宇宙中存在的万物之形体的刻意模仿和呈现。

瓷同时收藏了月光与流水、火焰和坚冰。瓷坚硬如铁，可又脆弱如冰。瓷是卑微的泥土，可又是高贵的礼器。

即使身在闹市，守着绘着渔樵耕读、山水花鸟的瓷，也会有隐入深山之感。即使孤身一人，如有绘着仕女的瓷陪伴，就容易生出红袖添香的错觉。一幢黑漆漆的百年老宅，若有釉光闪亮的瓷在，再黑暗的老宅子也会有如月光朗照。

瓷是君子，它有着君子谦逊、风雅、安静、隐忍而从容的美德；瓷也是烈士，它宁为玉碎不为瓦全，碎尸万段也不肯腐烂。瓷是儒家，有着虽千万人吾往、舍得一身剐的勇者之心；瓷也是道家，最懂得清静无为的妙处。

在很多年前的一篇名为《青花》的小文里，我曾这么表达了我对瓷的认知：

> 她朴素而华美，卑微而又高贵。在她的瓷壁，永远偃卧着一朵静静开放的青花——那是时间的幻象，或是一条母性的河流生生不息地流淌，抑或是历史最初的一个象形文字？青花，是一种圣洁的事物，一种朴素而接近完美的品格，一种东方的情韵，一种悲喜交加却默默无语的心态。青花，是中国最温情感伤的部分。

瓷是诗，也是史。

瓷是国家的使臣、时间的卧底。

肯尼亚一个古城遗址考古出土的一块青花瓷片，可能隐含了明朝太监郑和曾率船队穿过印度洋抵达了非洲的史实。

景德镇出土的一只被打碎的青花蟋蟀罐，可能是解开那个喜欢斗蟋蟀到狂热地步的明宣宗隐秘内心的符码。

一条海洋中打捞起来的船，船上瓷器的青色和底部的火石红，往往是指证这条船的年代，乃至中国古代海上贸易历史的重要证据。

在台北“故宫博物院”同时展出的明朝永宣年间和成化年间的青花瓷，默默诉说着明代海洋政策变化的史实。永宣年间的青花瓷，因郑和下西洋带来了产自波斯的苏麻离青钴料，青花就产生了奇特的晕染和铁锈斑。而成化年间的瓷器，就显得单调单薄，因为，永宣以后，中国关上了海上大门，苏麻离青成为了传说。

…………

我迷恋于瓷器的光影、形色、人格和历史。我跟着一朵青花回到了它的故乡景德镇。我一次一次地去景德镇。我走访了景德镇所有的古窑遗址。我全身心地投入到与景德镇瓷器有关的书籍与实物的查找与阅读之中。沿着时间的海岸线，我看到了那个由太监郑和率领的举世无双的船队。在江西高安因扩建厂房发现的一个地窖里，我似乎感受到了一个没落王孙对家国将失的沉痛以及对美的怜惜。

我走访了北京、台北等众多青花栖身的地方。我写下了工匠、皇帝、督陶官、诗人、画师、藏家、使臣。我写下了一朵朵青花之下面目模糊的人群。我写下的是远去的青花缠绕的帝国。我反复按住自己的冲动，坚决不肯在文中出现“我”——让“我”在文中说话，这可是当代散文作家们惯用的伎俩。我不让“我”在文中出现，原因是我一直没想好：“我”该是一名画匠、拉坯匠，还是景德镇浮梁衙门里的一名低阶幕僚？可是仍然无法否认的是，我其实还是写下了自己——一个爱瓷的自己。

我写下的诸多瓷器，说不定，有一尊就是我自己。瓷的身上有我渴望的人格。我希望我能是一个温润如瓷的人，像瓷一样风雅、安静的读书人。

我采用了一种低温的、舒缓的表达，为的是能配得上瓷的高贵与典雅。

我在书中用很轻的文字书写，怕吓着了瓷。

我希望我的文字，也能发着瓷器一样的釉光。

是为序。

江　子

2016年3月30日深夜于南昌红谷滩

目录

工匠：童宾之死

壹

明朝万历二十七年（1599）冬天，瓷都景德镇颇不平静，凡与陶瓷行业有关人等都诚惶诚恐。御器厂东侧的师主庙内，前来祭拜的人明显多了起来，妇孺老人向着庙内供奉的神灵长跪在地，口中念念有词，表情远比平日要凝重得多。街道上经常看到有人交头接耳，问话的人神情急迫，而被问的人总是摇头，意思是局势并不乐观。这样的结果，让问话的人不免失望。正是冬天，日光惨淡，街道上的人们摇头叹息，使这个冬天更添寒意。树上的乌鸦似乎也多了起来，它们发出肆意的难听的叫声，更使景德镇弥漫着一种深重的不祥意味。人们纷纷认为，这个冬天，景德镇怕是无法熬过去了。

让整个景德镇寝食难安者非为其他，乃是一只叫大龙缸的大器。就在一个月前，景德镇御器厂收到了一份非同寻常的订单，订单所列只有一件，就是一只殡葬用的大龙缸，一只适合人死后放置在脑后点长明灯用的大龙缸。龙缸要大，口径要三尺，缸厚要三寸，缸高要两尺八寸。至于为何要如此之大，那三尺、三寸和两尺八寸的数字有何深意，御器厂的工匠们并不知晓。龙缸的质量要求也是绝无仅有，几近极限——烧出来通体不能有一点瑕疵，龙缸内外不能有一个小气泡，颜色上不能有一点杂。这在景德镇瓷业的行话里，叫作“万里无云”。这样的龙缸，只有当今皇上才有资格享有，瓷壁绘的龙纹，无疑是只有天子才可以使用的纹饰。从督陶官、太监潘相口中得知，这只还在订单上的大龙缸的主人，果然是当今皇上，那个已经多年没有上过朝、大多数臣子都多年未见、让整个国家都诚惶诚恐的万历皇帝。皇上虽已执政二十六年，却只有三十六岁，正是年富力强的时候，可他已经开始兴致勃勃筹划百年之后的陵寝。

而供点长明灯用的大龙缸，自然是他十分在意、特意筹划的陵寝中重要的物件。

景德镇御瓷厂的工匠们当然不敢有丝毫懈怠，他们全力以赴地投入到大龙缸的生产之中。土要高岭山最好的白陶土，要放在水碓里细细舂碎。用于除掉隐藏在釉石粉里的颗粒的筛子孔隙要小，筛一次不行，要两次、三次、四次，这样方能在源头阻止杂质的出现。过筛后的釉石粉，要经过淘洗、沉淀和稠化浓缩这些繁杂的工序，才能变成做瓷器的泥料。打泥是件细致活儿，那一定要景德镇最有经验的打泥师傅，用他那双千锤百炼的手，反复拍打泥料，像哄着一个调皮的孩子入睡，并让自己探入他的梦境之中——只有最有经验的打泥师傅，才能把泥块里的空气彻底排除，同时也能熟练地控制着不把外面的空气打进泥料里。泥块里的空气，可是高温烧制瓷器时容易在瓷器表面留下瑕疵的最大杀手。这么大的器皿，拉坯的难度可想而知。那得需要一个多大的转盘？拉坯师傅要用多大的力气才能在这么大的转盘上拉坯成器？拉多大的坯，肯定是事先研究过的，还要考虑入窑烧制后水分蒸发的因素。在瓷壁上绘图，当然要用最好的钴料，内容必须是腾云驾雾的五爪龙图案，配以云纹和潮水纹装饰。用于皇帝陵寝的龙，表情应该安详、宁静，而无须凶狠锐利。烧窑把桩的活，一直采取轮岗排班制，这一次轮到了里村童氏。里村自告奋勇请命的童宾，虽刚过而立之年，却有着与他的年龄不相称的老成持重，把桩技术一流，是完全可以放心的……

第一只大龙缸入了窑。御窑厂主事的进窑细细察看了龙缸前后的火路，对窑柴的干湿和材质也进行了验明。看到一切都严格按照传统的路数，做了无比周到的安排，主事的这才稍稍放了心。他净身焚香，祭拜了“师主”赵慨的神像，祈望这位东晋时期的陶神的

陶冶图·淘炼泥土 （清）孙祜、周鲲、丁观鹏

陶冶图 · 炼灰配釉

陶冶图 · 圆器拉坯

陶冶图 · 琢器做坯

陶冶图 · 采取青料

陶冶图 · 拣选青料

陶冶图 · 圆器青花

陶冶图 · 烧坯开窑

陶冶图 · 圆琢洋采

陶冶图 · 明炉暗炉

陶冶图 · 祀神酬愿

在天之灵，保佑大龙缸烧制成功。这是瓷窑点火前必需的仪式，何况这是给当今皇上烧制的最为重要的祭器。

七昼夜的溜火是为了使大龙缸的水汽慢慢蒸干不至于开裂，两昼夜的紧火是为了让大龙缸坯胎终成器，止火封门十日是让大龙缸慢慢冷却……一只大龙缸从点火到开窑需要十九天之久。十九天，大龙缸独坐窑中，仿佛端坐母亲腹中、性别难辨的婴儿。可几乎所有人都等不及想知道谜底。

事情远不像人们想象得那么顺利。当人们打开窑门抬出龙缸后发现，龙缸裂了。

龙缸裂了。一条裂缝穿过缸体上画的龙爪，从缸口通到缸底，那从云彩中探出的蓝色龙爪仿佛被生生砍断。九天的添柴烧火，十日的冷却，还有更长时间的取土、炼泥、拉坯、晾干，都付之东流。这真是让人难堪的事情！

必须从源头开始查找原因。必须对每一个环节进行分析。难道是陶土还不够精细？难道是缸坯入窑前还不够干燥？难道是窑柴过于潮湿？难道是把桩火候没到？难道是敬神神不在？难道是运气还差了那么一点点？

必须立即投入到另一只龙缸的生产之中。整座御器厂经过了短暂的沮丧之后，又开始了新的忙碌。

贰

拜领了为皇上烧制重要祭器大龙缸的谕旨，督陶官潘相既兴奋又惶恐。兴奋的是，宫内宦官无数，皇上竟把这么重要的差事派给了他，这是皇上对他的信任，是他多年殷勤侍候皇上的回报。自从少年时行了阉割获得进入宫中的通行证，几十年来的忍辱负重，不就盼着有一天能得到皇上主子的恩宠？俗话说，伴君如伴虎，何况当今皇上脾性更是冷僻多疑，一不高兴竟然罢朝多年，多少大臣因为见不到他而焦虑万分。为了逼他上朝，不少官员哭着喊着寻死觅活，可皇上都视若不见。不仅在洪武皇帝开创的明朝，就是尧舜以来都没有过这样的事情。在这样的主子身边谋事，一不小心就会掉脑袋的。可是他潘相不仅没有掉脑袋，还被皇上视为缺不得的心腹，外派为江西矿使兼理景德镇窑务。如此美差，让宫里的公公们都嫉妒得眼睛要冒出血来。他们都知道，外派任职，在宫内就是巨大的福利（出去一年半载的收益，怎么也要强过在宫中十倍百倍），同时也需要中彩一样的运气。这运气落在了他潘相头上，这怎么不让他高兴？何况为皇上烧制安魂大器是扬名立万、光宗耀祖的事儿，是载入青史的活计。一个阉人，一个从来就活在宫墙阴影中的阉人，一生能有几次像这样博出位的机会？

可潘相在兴奋之余又感到惶恐，因为大龙缸的烧制非比寻常。大龙缸的烧制远非从今日始，早自本朝洪武二年明太祖下旨规定皇室一切祭器皆用瓷器以来，景德镇御器厂就开始了大龙缸的烧制历史。那种“前宽六尺，后如前饶五寸，入身六尺，顶圆”的龙缸窑，景德镇曾经有过三十二座。即使到了宣德年间，也仍有十六座之多。按理说有过两百多年烧造历史的景德镇，在大龙缸的烧制上应该积累了丰富的经验。可是由于对制作工艺要求非常高，未知的不可控因素太多，大龙缸稍有不慎即挤扁损挫，烧制成功率百不得五。早在正统年间，宫中前辈、将朝廷玩于股掌间的太监王振老公公也曾受命到景德镇督造大龙缸，结果所获龙缸不是变形就是坼裂，无一完好，最后他恼羞成怒，遣锦衣卫以督造不力为名将提督官打了一顿，灰溜溜地回到宫中。此次来景德镇督造大龙缸，潘相心里七上八下——他能有比王振更好的运气，督造出一只万里无云、精美绝伦、流传千古的大龙缸来么？

潘相在景德镇马不停蹄。他今天出现在瓷土取土现场，指示工人们务必用最好的瓷土原料；明天又与打泥师傅攀谈，告诫师傅要比哄自家孩儿还多一倍的耐心才好；后天他又与主事的一起制定烧制方案，推敲每一个细节，提前堵住每一个漏洞。他感觉自己就像是一场战役的主帅，声音虽然尖细却不无男儿霸气。可是，当第一只大龙缸出炉，他屏住呼吸细细查看时，却发现龙缸坼裂了。那道穿过缸体的裂缝仿佛划过他心头的一道伤口。

初战并未告捷，对这一结果潘相并不意外。他与主事的对事故进行了详细的分析，对部分工匠进行了调整，就接下来的工作进行了重新布置。比如拉坯的两个师傅有一个看起来力气轻一些，就换成了身体更为壮实的。稠化床中踩炼泥料的听说有汗脚，这也被潘相视为可能破坏泥料中的风水、造成大龙缸坼裂的重要隐患，要改换成脚气清新的工匠。一只大龙缸从陶土采集到烧制出窑要一个多月的时间，如果同时拉出几只大龙缸缸坯干燥待烧，就会大大提高工作效率，增加胜算概率。然而，即使潘相如此勤勉有加、精于盘算，上苍依然没有给他创造奇迹的机会。一百多年前的王振老公公的悲剧很可能又要在潘相身上上演，那一座座大龙缸窑说不定就是被当年的王振在景德镇用过的窑灵魂附体——

一只只龙缸出了窑。它们不是变形、坼裂，就是表面多有瑕疵，远达不到皇帝所说的万里无云的要求。似乎有一只看不见的手，在瓷器烧制的过程中故意使坏。似乎有一个隐形的魔鬼，专与立功心切的潘相胡搅蛮缠。它怎么就不体谅潘相的难处？它怎么就不愿意给可怜的潘相一点点好运的奖赏？

潘相的脸色越来越难看。窑里火光映照，可潘相那张光溜溜的脸越来越凌厉和惨白。窑里是暖和的，可潘相的脸色让人想起窑外寒意料峭的冬天。他的牙齿不由自主地发出了咬动的声响。他因暴怒而抬高八度的声音在景德镇御器厂回荡，让工匠们想起了景德镇经常响起的瓷器破碎的不祥之音。

那个利坯的年老工匠被罚挨了饿。有人不慎被多疑的潘公公认为故意与他意见相左，遭到了掌掴。御器厂的空气变得有些沉闷。当然，大龙缸的烧制工作依然在继续。因为只有烧制出万里无云、合乎尺寸的大龙缸，所有的矛盾才能豁然解开，一切才会回复到平静。

心情糟透了的潘相按捺住胸中的恼怒，与御器厂的工匠们一起重新制定了生产方案。整座景德镇，在胆战心惊中重新忙碌了起来。

叁

淘泥匠整天围着泥桶默默淘泥，景德镇称这一行当为“牛”。做坯工长年累月盘膝坐在陶车上，以致下肢关节变形，走起路来一跨一跨的，人称之为“螃蟹”。捧坯工因干活要不停地跑来跑去，被称为“马”。剐坯工天天要剐碗底，他们的称谓要更难听一些，为“土狗”。大器装坯工常常两肩扛着料板、坯胎往窑里送，好似抬轿，故被称为“轿夫”。小器装坯工挑坯使用的是两头翘起的扁担，挑坯时不能走快，形同骆驼行走，故称“骆驼”。印坯工因两只手需一天到晚朝模型上拍打，被称为“鹅”。修坯工因操作时需盘着双腿扑在陶车上操作，久而久之，背驼了，腰伸不直了，像一只老虾公，故被称为“虾公”……

“共计一坯之力，过手七十二，方克成器。其中微细节目，尚不能尽也。”明代江西籍科学家宋应星在《天工开物》中这样总结烧瓷的工序。取土，炼泥，镀匣，修模，洗料，做坯，印坯，镟坯，画坯，荡釉，刷釉，蘸釉，喷釉，满熏，彩器，烧炉……一件瓷器，从陶土采集到成品包装，要过七十二道手，而每一道都是牛马，都是奴役，都是苦行。

来自里村、刚过而立之年的童宾是一个把桩师傅，他负责给窑厂看火。这一行当玄机重重：要考虑气候、装烧产品的种类以及燃料情况，要善于利用柴火的干湿以及匣钵排布的纹路进行温度调节。在烧制过程中，要不断地用眼睛从通风孔、看火孔中观测窑里的情况，通过吐痰看痰沫在窑边的蒸发程度来测量窑的火候，掌握一千多度的窑里的动静……长期从事这一行当的职业风险就是容易患呼吸道顽疾。多少烧窑佬晚年被痨病所困，一到冬天，景德镇似乎就陷入撕心裂肺的咳嗽声中。

可是即使有那么多的隐患，童宾依然酷爱着烧窑这一行。对他来说，烧窑，那是与火焰搏斗的危险而快意的游戏，那是让火焰俯首称臣的杂技，那是神灵也可能参与了的冶炼——每一场窑火烧过之后，瓷炉打开之前，除了老天爷，无人知道窑中可能会发生什么。而每一次开窑，都有可能看到神灵尚来不及收走的雪泥鸿爪。那或许是一只窑变后有了妖艳晕色的琢器，一只产生了冰裂纹的碗，一朵瓷器上开放的宛如有着湿漉漉生命的桃花。这使得每一次烧窑都像是一场赌博。而这正是也许有少许赌性的童宾热爱这一行的原因。

童宾也的确对烧窑把桩有着特殊的禀赋，他似乎是天生的缚火者。他善于铺设窑里匣钵之间的火路，懂得根据窑口距离远近对大小瓷坯进行最佳配置，让火焰听从自己的律令。他能迅速根据火焰摇曳的魅影对窑里的状况作出判断，并及时通过槎柴的多寡干湿进行精妙调节。经他烧制的瓷器，釉色更为鲜亮，成品率也要高出别人许多。因为这一禀赋，他在刚过而立之年就成了很多人即使四五十岁也无法掌握的把桩师傅，成了景德镇人人敬重的行业权威。每次开窑之际，看着满窑的如玉青花，童宾就会油然而生出新郎酒后入洞房的兴奋，或者是将军战斗结束后检阅自己胜利成果的满足与愉悦。

可是这一次童宾遇到了前所未有的挑战。他不知道为何遵循自己过去的看火经验，那龙缸窑里的圣器不是塌了就是裂了。他不知道看似绚烂的火焰魅影，究竟藏着怎样的阴谋。他不知道，那原本如绵羊一样乖顺的窑火，为何竟如暴烈的猛虎一样无法掌控。他不知道，要经过怎样的冶炼，付出怎样的努力，控制怎样的火候，掌握怎样的分寸，才能让大得超出他想象的龙缸烧造成功，让这一目标成为众人欢呼的现实。

随着一只又一只大龙缸烧制失败，整个御器厂的工匠都战战兢兢，把桩师傅童宾更是如丧考妣。他承担着整个大龙缸的制作工艺中最重要的环节，可是火焰不断地让所有人的努力化为泡影。他不断对事故原因进行分析，及时调整火路和槎柴的配备，可是最终结果都证明是徒劳无功。蓄养的家犬露出了狼的凶光，昨日忠心耿耿的臣子成为今天的叛军首领，童宾这个“把火皇帝”内心如焚，却又束手无策。

肆

又一只龙缸出了窑，奇迹并没有发生。一只原本完美的圆形缸坯，经烧制后成了怪异的不规则的无法形容的形状。这样的结果让人沮丧。这样的形状让人觉得不祥。

潘相那张瘦削无须的脸有了越来越深的寒意。那是窑火也烤不热的严冬。他越发尖细狞厉的声音在御器厂回荡，仿佛锋利的刀子割着人们的心。满窑匠被怀疑让大龙缸坯在装入匣钵时发生震荡或擦伤而受了鞭刑。两个拉坯的师傅被怀疑没有合理掌握干燥时间而造成缸体变形，在御器厂被吊起示众。潘相扬言如果在有限的时间内烧制不出成功的大龙缸，参与制造大龙缸的所有工匠，从采石、炼泥、拉坯、绘画到把桩，甚至包括吹釉、挛窑的工匠，通通以违抗圣旨论处。违抗圣旨，那可是砍脑壳的罪。

所有人都知道督陶官潘相的扬言不仅仅是威胁。这个公公位高权重，心狠手辣，是个说得出就做得出的主。惩罚的刀会落到头上。血会溅上瓷器的釉面，让青花直接变成“釉里红”。景德镇陷入极大的危险之中。求神问佛的人多了起来——那都是参与了烧制大龙缸的工匠们的贫贱家眷。他们的面色凄苦绝望，宛如溺水的人指望抓住一根稻草。街道上的人们交头接耳、窃窃私语，交流着最新的消息，当然谣言也开始大量布散。有人向主事的提出，大龙缸之所以烧不成，是因为有鬼怪作祟。立即有人去不远的龙虎山请来张天师。天师围着御器厂口念咒语施展法力，一座座宛如习惯性流产女人的子宫的大龙缸窑贴着让人望而生畏的符咒。人人希望，它们真的能给景德镇带来福音，让景德镇安全度过这一人命关天的劫难。

可天上隐形的神仙并没有让景德镇化险为夷。那据说最厉害的符咒，并没有产生降魔驱鬼的法力。从窑里提拉出来的大龙缸还是不成样子，放在民间装装粮食、做做牛马饮器还说得过去，要成为皇上百年之后点长明灯用的祭器那是万万不可的。

离潘相提到的限定日期越来越近了。

伍

景德镇吉凶未卜。烧制大龙缸的窑火依然危险摇荡。限定日期在即，而大龙缸的成功依然遥遥无期，这窑火的摇荡就有了讥讽的意味，有了魔鬼的狞笑和猖狂。

把桩师傅童宾吩咐工人又添上一把柴，窑口立即发出了噼噼啪啪爆火的响声。这响声在平日里听倒没什么，在这非常时期就显得格外刺耳，仿佛是隐形的、就连法力无边的符咒也奈何不得的魔鬼借此显示淫威。听着这令人不安的暴烈声响，童宾的心不禁一阵缩紧。

他已经记不得是第几个晚上熬夜了。接连多日的把桩烧窑，每只大龙缸都需要七昼夜溜火、两昼夜大火的时间折磨，大龙缸久烧不成造成的精神压力，让童宾都快要虚脱了。他的眼睛里布满了血丝。他发现自己瘦得厉害，原本年轻强壮得像一头牛的身体现在仿佛成了一张轻飘的纸，或者说，像是一座行将废弃的瓷窑。那摇曳不已的窑火烧烤着他，他感觉自己是一块正在被熏烤的肉。它是不是一条不怀好意的舌头？童宾感觉自己的心都要被它舔破了。

他想起小时候，因为爱上了这窑火，在景德镇七十二行中，他毫不犹豫地选择了烧窑把桩这一难以把握甚至老来遭罪的行当。这么多年来，他小心捕捉火焰的踪迹，留心观察火焰的形状所透出的玄机。随着一件件瓷器在他的主持下烧制成功，他以为自己是无所不能的缚火者，是景德镇的把桩皇帝，可是这一次他发现，他对火焰的了解远没有达到了然于胸的程度。火焰从来不是谁的奴仆。它是喜怒无常的野兽。它是旷野中的王者。它是天空中闪电的后裔，或者说，是神灵受到魔鬼的蛊惑与魔鬼生下的私生子。不，它其实是无父无母的怪胎，是性格乖戾的暴君。而所有人，都要屈从于它的淫威。

他看了看窗外，此刻窗外一片漆黑。可童宾知道，此刻窗外正是冬天。这样的季节，如果继续下去眼看就是隆冬，如此，大龙缸的烧制将又增加许多变数。在景德镇，谁都知道，烧窑宜在春秋时节，冬季天气寒冷，会给炼泥、拉坯、瓷坯干燥等一系列工程带来不利影响，窑火的控制也会更加难以把握。烧烧碗碟之类的小器倒是没有问题，冬季烧大件在景德镇成了大忌。

形势似乎越来越糟糕。童宾是这次大龙缸烧制工程中的把桩师傅，理论上是影响烧制成败最为关键因素的实施者。他希望能救景德镇于水火，他要么阻止残暴的潘相拿起屠刀，要么自己去与火焰谈谈，尝试着让这喜怒无常的火焰继续听自己一回。他该怎样担当起反抗暴政的英雄，或者与火焰对谈的使者？

窑口的火焰，仿佛魔鬼宫殿里的图腾。它一会儿是景德镇新年里对舞的狮子形状，一会儿是春天油菜花花瓣拥簇的样子。那呼呼的燃烧声里，有多少依然不被自己所知的秘密？那号称一千三百多度的通红的瓷窑深处，是否其实一片冰凉？

童宾似乎听到窑里有声音在唤他。再看那火焰的形状，正好是景德镇某酒馆里肩搭汗巾的店小二邀请领引的手势。他立即听到自己身体里有声音在回应着这呼唤。童宾似乎看到那火焰里有一个国，那里街道俨然，店铺林立，往来者众。他好想找到一间客栈，美美地睡上一觉，或者走进一座茶馆，畅快地饮上一顿茶。在那里，没有死的威胁，没有当权者的恐吓，没有大龙缸……

某天午夜子时，童宾把自己投进了火焰熊熊的龙缸窑。待窑厂的工匠们从空气中的焦味和火焰的噼啪声响中感受到异常，纷纷涌向窑口时，童宾已经烧成了焦炭。

陆

童宾死了。死人总是不好的事，何况是肉身如此严重损毁的惨烈死法。可从古至今，因行业风险致死致残事件的发生应是稀松平常。上山打猎，会遭野兽反扑；下海打渔，可能被海浪吞没；挖煤会遇塌方；采矿可能患尘肺；治病可能染病上身……景德镇制瓷业从业人员千千万万，童宾不堪重负自杀而亡，按说亦可以看作是陶瓷业这个巨大行业的正常损耗，是不一定值得上纲上线的小概率事件。

可在景德镇，在这个神秘的、类似于火中取栗的、充满了无限可能的，也许随时会柳暗花明、否极泰来的东方陶瓷艺术之城，从来就是“塞翁失马，焉知非福”。在这里，“不”也许就是“是”，“无”或许就是“有”，“死”也许不是“死”，而是蝶变和重生。窑变似乎随时都会发生，奇迹从来就无所不在。1599年冬天，随着一个叫童宾的普通工匠的投窑自杀，奇迹发生了。

死亡打乱了大龙缸烧制的程序。人们根本顾不上大龙缸烧制的时间充不充足，根本无法等到窑自动冷却，就开始强制性地给窑熄火降温。在悲恸的人们把烧成了焦炭的童宾从窑里抬出后的第二天，有人想到了还在窑里的大龙缸，便入窑中将大龙缸搬出。在准备当作废品处置时，人们却发现，大龙缸有了出其不意的效果。

人们发现，那没有经过完整程序烧制的大龙缸形体完美，并无塌陷变形之乱，完全合乎皇宫里最深的屏风后面那道圣旨里的大小高低要求。大龙缸白色的釉面毫无瑕疵、光彩夺目，无声间有一种君临万物的气势、摄人心魄的力量。白色釉面上卷曲的青花色泽鲜艳非凡，似因吸收了人体的膏腴而变得生机勃勃，仿佛江南的四月

青花大龙缸 明

里一枝怒放的湿漉漉的花朵。那瓷壁上青花绘就的张牙舞爪的五爪祥龙，形态生动，气势磅礴，无所畏惧，似乎随时要离开缸体飞上天去；其头部又回首顾盼，嘴角隐约浮现一丝高深莫测的笑意。

奇迹发生了。一次惨烈的死亡事故让大龙缸脱颖而出。从来说圣意难测，没想到用来伴圣上长眠的大龙缸的制作亦是如此玄妙莫名。它要用死来成就生。作为皇帝百年后的重要祭品，它要用窑工的生命献祭，用底层人的膏腴来成就至尊王者的永生之愿。这真是让人悲欣交集的事儿！

人们纷纷围在大龙缸的旁边，神态恭敬，大气不出，让人想起戏文里宫门外候旨的虔诚的臣子。人们从大龙缸锃亮的瓷壁上看到人影幢幢的影像，可没有人知道，那已经烧成焦炭、用自己的生命精气成就了这一只大龙缸的童宾，他的灵魂是否也映在其中。

柒

龙缸既成，可景德镇的窑工们完全没有欢呼和庆祝的心情。大家完成了皇上交给的重要使命，可悲伤与愤怒像水一样不可阻遏地在景德镇漫延开来，像冬天凛冽的风一样呼呼作响、无休无止。仿佛每个人都成了一座正在焚烧的窑，悲伤正是打湿了的槎柴，而愤怒成了燃烧起来的火焰。

龙缸已成，可景德镇付出了惨重的代价。童宾的死，为救大家。如果童宾不死，龙缸不成，说不定景德镇将会有更多的窑工按违抗圣旨罪责斩首，将会有更多的家庭妻离子散、家破人亡。而童宾用死让人们获得了绝对的安全，他真是大家心中的大英雄！

童宾的死，是因为督陶官潘相的逼迫。如果潘相不是立功心切，而是对广大窑工慈悲为怀，大龙缸不成，与御器厂众师傅一起商讨，逐步修改烧制方案，大龙缸也并不是没有成功的可能。即使真烧不成，也可以向皇上详呈缘由，请求皇上哀民生多艰，怜景德镇瓷工悲苦，停止烧造大龙缸。他百年之后点长明灯所用的祭品，可以考虑用其他物件代替。圣上英明，说不定就会收回圣命，免了对景德镇窑工烧造不成的责罚，给景德镇以休养喘息之机。

童宾的死，根子还是朝廷对景德镇的掠夺。连年灾侵，景德镇已经资源匮乏。多年来，朝廷根本不顾江西土瘠民贫，不断下达无比繁重甚至苛刻的生产任务，让景德镇御器厂的窑工们怨声载道、苦不堪言。仅万历一朝，《大明会典》卷一百九十四记载：“万历十年，传行江西烧造各样瓷器九万六千六百二十四个副，对枝口把。”《明史·食货六·烧造》记载：“万历十九年命造十五万九千，既而复增八万，至三十八年未毕工。”任务如此繁重，有些心怀良知的臣子看不下去，纷纷奏请减免生产，如万历十二年（1584）三月己亥，工科都给事中王敬民上疏，极言瓷器烧造之苦与玲珑奇巧之难。江西巡抚陈有年多次上疏，请将难成瓷器尽行免造。万历十九年（1591）正月甲子，“工科杨其休等题请停减烧造瓷器，不允。工部复疏称，午楼瓷器见贮甚多，供用未乏，烧造即不准停，亦当量减。大学士申时行亦以为言”。可皇上除了稍稍减免部分难烧之器，其他皆听而不闻。这个喜怒无常的人甚至率意修改自己的决定，比如大龙缸的烧造，《明神宗实录》记载：万历十三年（1585）四月乙卯，“使持御史疏至阁，传烧造瓷器内有屏风、烛台、棋盘、花瓶，已造成者采进，未造者可停止。阁臣附奏云，臣等又闻烧造数内新式大龙缸亦属难成，请并停之、票入。上欣然从焉”。就是这已经欣然从焉的停止烧造大龙缸的决议，在时过十四年后又成了一纸空文，遂酿成了让景德镇童宾暴死的不堪事实。

景德镇的窑工纷纷涌上街头，那些参与了烧造大龙缸、在潘相的威胁下已经抱着必死之心的窑工走在了队伍的前头。他们要找到这件事的冤头债主。他们要控诉朝廷这么多年加给景德镇的压迫。他们要让千里之外的皇帝知道，景德镇的火不仅仅在窑里燃烧，也在每个窑工的血管里飘摇。如果必要，他们也可以像瓷器一样迸裂，发出底层的、民间的、破碎的激烈声响！

或许他们头上都扎起了白色头巾，以表明自己的心志和决心，像许多历史事件里参与政治运动的人那样。他们抬起了童宾的棺木，一步一步地踏在景德镇的街头。无数的人，围着它。他们走到哪条街，哪条街的工人就会立即加入到队伍中。队伍越来越大。而棺木所至，街头上飘散着一股浓烈的难闻的焦尸气息。那是景德镇悲哀的底层的气息，愤怒的气息！

人们将童宾的遗骸埋葬在了里村的凤凰山，然后又返回到镇上。人们开始分头行动，对这镇子翻箱倒柜，全力搜索那个发出尖细声音的阉人。所有人都毫不怀疑，以景德镇今天这个怒不可遏的凶猛阵势，如果潘相被抓获，将会遭受千刀万剐的惩罚。甚至有人说，要用景德镇的碎瓷片一片片割他的肉，放他的血，挖他的心，来为童宾报仇，来向朝廷泄愤。

潘相早已闻风逃去。整座景德镇处于无政府状态。数万窑工见官家的东西就砸，就烧。扎在景德镇的税课署被火烧得不成样子，御器厂部分厂房也遭了殃。景德镇一时浓烟滚滚，到处是火焰焚烧过的败落景象。

捌

景德镇民变仿佛一声瓷器破碎之巨响，让几千里之外的朝廷闻之惊心。几万人走上街头捣毁焚烧不是小事，更何况那是为国家换来巨大外汇和声誉的皇家工厂景德镇。皇帝自然要认真处理这桩民变风波。他首先要在皇宫最深的那扇屏风后面召见最重要的当事人潘相并详问缘由，当然也可能是潘相一回到京城就急急向皇帝禀报。龙缸既成，潘相有功，皇帝自然不会为难他。而潘相要让自己从这事中脱开干系，就要避重就轻嫁祸于人，找一个替罪羊处以责罚，才能大事化小，小事化了。这是官场上惯用的伎俩，最会察言观色、在伴君如伴虎的环境中游刃有余的潘相应该更加深谙此道。他向皇帝诬告饶州通判陈奇可，窑工激变却不补救，因在景德镇日久生情，肯定盲目护短，忘了自己的职责，终致大乱，皇家经济因此蒙受巨大损失，如此云云。皇帝愤慨，或者心知肚明的万历皇帝并不舍得处理他用得顺手的潘相，依了潘相，找一个他压根不知道的陈奇可去顶罪。他下旨，将陈奇可逮捕归案，以缓解景德镇街头窑工的情绪。此事在《明神宗实录》中如此记载："江西税监潘相、舍人王四等，于饶州横恣激变，毁器厂。相诬奏通判陈奇可不能补救，得旨系逮奇可，疏自白不报。"

处理一个通判并不足以熄灭景德镇数万窑工内心的焰火。是扬天威压民愤，给激变中的景德镇以颜色，将领头的窑工逮捕定罪，还是以仁义治天下，用皇恩化危机，通过适当措施，给为江山社稷立下汗马功劳的窑工们以精神的安抚？万历皇帝选择了后者。这位习惯隐身的皇帝并非阿斗之辈，他深谙怀柔之术，想出了万全之策。他派激起景德镇民变的潘相重新回到景德镇。解铃还须系铃人，他要让潘相重新构建景德镇与朝廷的甜蜜关系，让那不愉快的事就像从未发生。

潘相遵旨回到了景德镇。他一反督造大龙缸时色厉内荏的神色，变得温和、谦恭，脸上镶上了和颜悦色的表情。他是否会约上一些德高望重的工匠到他的府邸座谈，然后当着大家伙儿的面起身向他们鞠躬致歉？他是否访贫问苦，对一些生活无着落的底层窑工进行慰问，对在造大龙缸中丧生的童宾的遗孀进行了抚恤？他是否亲拟了布告，让衙役们张贴在景德镇的街头巷尾，其中内容充满了语重心长的劝导，有着宽厚长者的仁慈和耐心？

遵照皇帝旨意，潘相在御器厂内东南侧建了一座风火仙庙。庙里不供三皇五帝，不供哪吒三太子、二郎神，供的是景德镇本乡本土的英雄——因烧制大龙缸投火自尽而让无数人幸免于难的把桩师傅童宾。

玖

潘相在景德镇建起了一座供奉童宾的风火仙庙。远在天边的皇帝希望通过建起那样一座庙，一可以抚平大龙缸事件带给景德镇闹事工匠们的伤害，二可以借此保佑景德镇陶瓷行业无患无灾、风调雨顺。

死于非命的景德镇普通工匠童宾被皇帝册封成了神灵，这在景德镇历史上是一件绝无仅有的事。景德镇千百年来其实不乏为民请命、英勇赴死的工匠。清嘉庆年间（1796—1820），景德镇陶瓷业茭草行（包装业）老板根本不顾茭草行工人用稻草卷扎瓷器，日夜辛苦、工作强度大的事实，妄自降低工人的生活待遇，将工人原本正常食用的白米饭改为干涩便宜的糙米，甚至有时还掺入沙子；原本每月阴历初一、十五犒劳辛苦工人的每人一斤猪肉也取消了。工人愤怒，为了求得基本的生存条件举行罢工。瓷器无人包装，不能运出，昌江河上停船待货，一片死寂。老板勾结官府，将罢工领头的十余名工人逮捕。知县审理此案，在县衙堂上摆放两大火盆，上面分别煨烧着一顶铁帽和一双铁靴，威胁工人唯有穿靴戴帽才能换得自由和待遇。有工人郑子木，悲愤莫名，毅然穿戴上赤红冒烟的铁靴、铁帽，以生命为代价回击了来自官府与商人的联合挑衅，为工人们争了口气。茭草行工人感佩郑子木的慷慨赴死，用船护送他的遗骸回原籍安葬。全镇百姓纷纷到河边为他送葬，每人投下一枚铜币作为安葬纪念，结果铜币装满了整整一条船。从那时起，茭草行多了一条新规矩，就是上工时人人系一条白围裙，以纪念郑子木的牺牲，警示所有与茭草行有关的人士勿让悲剧重演。而同样的故事在清代一个叫蒋知四的人身上再次上演。景德镇一些不良瓷业商家对工人非常苛刻，工人一连几个月都吃不到一顿肉。瓷工蒋知四为了给底层工匠争福利，领着工人罢工，要求商家改善伙食。不良商家暗中买通官府，将知四捉入衙门，威逼利诱，要知四通知工人复工。知四不屈，终遭官府杀害。知四之死，更加激起瓷工的愤怒。瓷工群起抗争，最后逼迫官府和商家让步。商家答应每月给每个工人提供三顿肉，每十天一顿，每次四两（为今二两半）。瓷工们为了纪念知四，便把这次争来的福利定名为“知四肉”。

童宾、郑子木与蒋知四同样为广大瓷业工匠而死，然而只有童宾有资格成为景德镇的守护神。他是掌握了精密把火技术、为皇帝烧制大龙缸的把桩师傅，他是用自己的膏腴让朝廷重器大龙缸烧制成功、让景德镇瓷工得救的英雄，他是奋不顾身的缚火者，他是真金不怕火炼的好汉，他是上济国事而下贷百工之命的勇者。他不仅是瓷都工匠的卓越代表，也是朝廷需要旌表的功臣、江山社稷需要倡导的道德典范。

从此，原本籍籍无名的跳火自尽的童宾成了一个不死的人，成了瓷都景德镇精神的重要象征。数百年来，景德镇陶瓷行业形成了一条新的行规：每次烧造前都要到御器厂内东南侧风火仙庙里向着童宾塑像焚香祭拜，以求保佑大小瓷器烧造成功。

童宾之死在关于景德镇的史籍中多有记载。清代景德镇督陶官年希尧在《重修风火神庙碑记》中记载：“所谓风火神者有之，自明之季世始。考神实姓童氏，尝职窑为业，当前明神宗时，阉人督窑，事费就，数困辱操作者，神举身殉焉，而后器成，如志由是，出神而奉之。”唐英《火神童公传》记载更为详细，也更为形象生动：“神，姓童名宾，字定新，饶之浮梁县人。性刚直，幼业儒，父母早丧，遂就艺。浮地利陶，自唐宋及前明，其役日益盛。万历间，内监潘相奉御董造，派役于民。童氏应报火，族人惧，不敢往，神毅然执役。时造大器累不完工，或受鞭箠，或苦饥羸。神恻然伤之，愿以骨作薪，丐器之成，遽跃入火。翌日启窑，果得完器。自是器无弗成者。家人收其余骸，葬凤凰山，相感其诚，立祠祀之，盖距今百数十年矣。”在《里村童氏宗谱》的卷首、卷六和卷十三，有关于“童宾赴窑”的记载三则：“（童宾）生于隆庆丁卯年五月初二日午时，祖匠籍，于万历年间烧造御器，恐龙缸不成，将身赴窑。”“神姓童氏，名宾，字定新……由雁门迁浙西，又迁江右。神为饶之浮梁县人……浮地业陶，自唐宋及前明其役益盛。”“（童宾）于己亥十一月初八日子时，将身赴火……娶刘氏，立志守节，享年八十有六……康熙四十九年庚寅司马许公复建庙祀。”

拾

清代督陶官年希尧和唐英的记载，《里村童氏宗谱》的标榜，景德镇陶瓷从业者的代代相传，以及童宾庙的存在，似乎无法动摇童宾将身赴窑故事的真实性。“事”成了“史”，那该是经过了时间检验的真相，按理不该怀疑才对。可是历史上以讹传讹的事件常有发生，许多流传甚广的历史事件，深究起来却发现不过是个谎言。仔细推敲，看似言之凿凿的童宾之死的整个事件，并不是完全没有漏洞。

首先是景德镇的瓷窑，有没有可供人在烧造时“将身赴窑”“遽跃入火”的窑口？瓷窑建有窑门，为满窑的进口、开窑的出口，窑不烧时，一个人遽跃窑门也许可能。可每次窑满好后，窑门须用砖块密实封住，仅在其上部留一边长约二十厘米的五边形洞作为投柴口，用于焙烧时投柴入燃烧区。如果窑门不封，热损、风力都无法控制把握，这在陶瓷业无人不晓。而投柴口仅可容头探入，哪里可以让一个人将身赴窑？瓷窑一般另设有望火孔，分布在窑顶、左右侧、烟囱前后壁。可望火孔不过碗大，又哪里可以让一个成年男子“遽跃入火”？另烟囱有口，却有二十米左右的高度，而且半径太小，又怎能让人轻易遽跃赴窑？

没有一个对应的入口，童宾赴窑，就有可能是一个后人编造的、逻辑不够严密的故事。

这个故事在时间上也有漏洞。据《里村童氏宗谱》明确记载，童宾赴窑的时间是己亥十一月初八日子时，也就是明朝万历二十七年（1599）。可《明神宗实录》记载，景德镇民变为万历三十年（1602）二月。如果说童宾赴窑引发了景德镇数万人参加的民变，是不是意味着这民变长达三年之久？查阅景德镇的历史，并无三年民变的记录。如果《明神宗实录》和《里村童氏宗谱》所载都不虚，如果的确是童宾之死引发了民变，那从万历二十七年到三十年这三年里，景德镇到底发生了什么？1599年发生的数万人走上街头捣毁厂房、烧毁税课署的大事，何以皇帝到1602年才进行处理？或者是否还有这样一种可能：1602年景德镇民变，与1599年童宾之死并无关联，原因仅仅是《明神宗实录》里所说的“江西税监潘相、舍人王四等，于饶州横恣”？

如果物证确凿，如果因童宾赴窑意外烧成的大龙缸依然可见于相关记录文字，童宾赴窑事件也可能大体站得住脚。可是查遍史料，从来没有过这一只大龙缸的踪迹。万历皇帝的陵墓里的确有用于点长明灯的大龙缸，可惜不是这只，而是他的祖父嘉靖皇帝时期烧造之物。那一只名噪一时、在景德镇历史里地位显赫的大龙缸，最后去了哪里？是不是这一只大龙缸与童宾赴窑事件，都只是后来者出于某种隐秘目的的虚构？

清代督陶官唐英《火神童公传》中的部分文字道破天机：

> 雍正戊申，余衔命督理埏埴来厂，涓吉，谒神祠。顾瞻之下，求所为丽牲之碑，阙焉无辞。问神姓氏、封号，率无能知者；而《浮梁志》亦不复载。最后，神裔孙诸生兆龙等，抱家牒来谒。牒称神曰“风火仙”，详死事一节，并载康熙庚申年臧、徐两部郎董制陶器，每见神指画呵护于窑火中，故饶守许拓祠地加修葺焉。牒首有沈太师三曾序曰“先朝嘉号而敕封之”，不知所封何号也，岂所谓风火仙耶？夫五行各有专司，陶司于火，而加以风，于义何取？且朝廷之封号，如金冶神，木、土、谷以及岳、渎、山、川，皆曰神，未闻仙也！岂相私称云尔耶？敕封之语殆不确耶，是皆莫可考也。

唐英初任督陶官，普查风火仙童宾之事迹，发现并不能见于《浮梁志》，只是家谱有传。家谱传略语焉不详，既没能说出哪位皇帝敕封，也没能道出封的什么号。神祠里也没有讲述事迹的碑文，仿佛神祠里所供奉的，是一个来路不明的野路子神灵，被当地陶瓷业附会信奉。后来臧应选、徐廷弼两任督陶官同时梦见一个神灵模样的人在窑火中指手画脚，护佑瓷器烧制成功，为这一民间造神运动推波助澜。饶州太守正儿八经地修葺神祠，将景德镇民间信仰的杂神童宾列于官方神灵名册，使之从此进入正统序列。年希尧和唐英出于对景德镇陶瓷业的管理需要，重修风火神庙，修正神灵名号，书写《火神童公传》。对年希尧和唐英来说，童宾是否存在、童宾之死是否属实并不重要，顺应民意、尊重历史、保护地方信仰，以抚慰工匠、振兴瓷业，才是他们的职责所在。

景德镇历代工匠的精神维系与官方的统治需要，合谋造了童宾这尊神灵。他仿佛能护佑陶瓷烧造成功，能给陶瓷工匠们带来好运，能在督陶官员梦里指挥跳跃、降伏窑火。他其实并不是一个单纯的个体，而可能是一个复合材料制造的虚拟存在。他是由景德镇历史上诸多事件、诸多典型人物共同演绎而成的一个理想化的超人。他可能是明代为数不多的烧制成大龙缸的工匠之一，也可能是1602年景德镇民变中领头的好汉，还可能是无数窑工中乐善好施、让人信赖的一等好人。而真正名叫童宾的那个人，也许只是个普通的把桩师傅，离这个超人式的神灵相差十万八千里。他字定新，是浮梁里村人氏。他幼年读书，颇通文墨。他父母早丧，命运不济。他多次受命为官窑把火，为完成朝廷下达的生产重任殚精竭虑，也曾因忠诚好义赢得过所有工匠的拥戴。他可能死于景德镇一场已经失传或语焉不详的事故。他的妻子刘氏在他死后为他守节终生。他有子嗣留存，可无法辨别真伪。

拾壹

年轻的神灵童宾面带忧虑和舍生取义的表情，威风凛凛地站立着。他的肌肉发达健壮，正是我们理想中的景德镇工匠的相貌。

他肯定是在忍受着痛苦，可他没有退缩，而是咬牙挺着。他两个腮帮的肌肉块面感分明，能让人感觉到他咬着牙齿的力量。而他的眼神是坚毅的，是虽千万人吾往的果敢无惧。

这是景德镇古窑民俗博览区内，佑陶灵祠中供奉的童宾塑像的样子。这样的童宾，大概就是景德镇这个瓷都几百年来认为的佑陶

景德镇御窑厂内童宾雕像

神灵的理想模样。

——他的脚下全是火焰。那是死神疯狂的舌头，是让传说中的神灵童宾死于非命的毒素。那更是让景德镇蝶变重生的核心要素，是造就景德镇这座世界陶瓷之城的重要建筑材料。那是景德镇世世代代百感交集的工匠们眼中无根却妖艳无比的花朵，是工匠们无限崇拜的精神图腾，是景德镇陶瓷精神的源头。

狷狂的画师

壹

一个人在活着的时候，能不能把自己隐藏起来，让这个世界上的任何人都找不到他？这可能是明代中期，景德镇著名画师昊十九费尽一生琢磨的事情。他知道，从理论上来说，这几乎没有可能。首先因为他自己是地地道道的景德镇人。他的祖祖辈辈，都以制瓷为业。他们一家，在景德镇陶瓷业里有上百年时间数代人结下的恩怨、积下的口碑，在景德镇这块烟尘滚滚的土地上，与数不清的人有着远远近近的亲缘关系。这样的身份，一举一动都会为人所知，不像南来北往的许多瓷艺家，操着让人难以分辨的外地口音，与本地人的关系淡漠，来去踪迹、身份背景并不被景德镇的人们过于留心。其次，昊十九是景德镇闻名遐迩的画师，是景德镇响当当的、具有标识意义的瓷艺家。多年来他集自家祖辈的探索经验，加上反复试验，掌握了薄胎精瓷的独门绝技，研制出了流霞盏、卵幕杯这两种精美绝伦、只应天上有的艺术瓷器。其中流霞盏，色如朱砂、如晚霞，流光溢彩，是能让人养眼的宝物。用之饮酒，即使是普通农家酿的酒，置于流霞盏中，也会有琼浆玉液之感。卵幕杯，薄如蝉翼，轻若浮云，色泽莹白可爱，一枚只有半铢（约合1.1克）重，比鸡蛋壳或许还要轻一分。举着这样的杯子饮酒，怎不胜过陪着羽衣霓裳的仙子起舞？当然，有幸拥有这样的美器之人，是断然舍不得用它来饮酒的，万一不小心醉了酒，碎了杯，心肝都会疼得裂开口。他还有一手好的制壶手艺。他制的壶，风格典雅，色淡青，无水纹，每一把都宛如有魂魄在。能做出如此极品瓷物的人，名望都会到登峰造极的程度，人人趋之若鹜唯恐不及。如果在现在，出门就会有狗仔队跟着，各种研讨会、宴会都要坐首席的，要让自己藏起来整个世界都找不到，这是一个无法完成的难题。再次，如果活得短暂一些，他也许容易让人忘记。死亡也许是最好的一劳永逸的藏身之法，活不够就不会在这世上留下太多印记。可昊十九是一个长寿之人，据说他活了九十八岁，当然也可能是九十五岁。一个在世上存活了九十多年、极具名望的人，要让人忘记他几乎是不可能的事。

可是昊十九执意要让所有人忘记他。他是一个喜欢清静、讨厌繁文缛节的人。或者说，他是一个安贫乐道的人。为了达到让人忘记自己这一目的，他用上了所有能想到的法子。他的流霞盏、卵幕杯，他造型精绝的壶，引得四方官商重金来求，他因此赚的钱财，广厦豪宅都不愁买不下。可他依然住在草舍，粗布短装打扮，不相识的人见了他，很难把草堂门口那个短衣粗布的人认作眼下景德镇最知名的制瓷大师。这是不是他为了把自己藏起来采取的化装术？

一般来说，景德镇有头有脸的瓷艺家，会非常重视自己的雅号，十分认真地在自己的作品上签署自己的题款。那可是能换来真金白银的标签，需要创作者想方设法让它变得醒目、有辨识度。可这种事到了昊十九这里，完全就成了另外一番样子。他在瓷器上签署自己的名号，总是显得随意，并且这种随意似乎有刻意的成分。他一会儿签上“吴为”（据说是他的本名），一会儿签“壶隐老人”，一会儿签“昊十九”，甚至直接签署“十九”“九”，有时候“十九”的“十”也故意写成“×”，不熟悉的人会以为这是不同名字、素不相识的几个人。甚至他在底款上签的“昊十九”三字在出窑后会显得模糊不清，让人误以为是“吴十九”或“呆木几”，或者干脆被人错认为是其他毫不相干的名号，显然这是昊十九刻意用了某种可以让题款墨色晕散的、不与外人道的技术的结果。究其心理，无非是希望若干年后，人们可以把他忘记，而他也因此轻松自在，与世界两不相欠。

他因为长久不在市场上走动（他通过什么与外人交往，是靠身边贴身小厮，还是兄弟、朋友？），人们渐渐忘记了他的容貌。只是他的流霞盏、卵幕杯与极品壶，在市面上广泛流传，并且一炒再炒，价格已经是原价很多倍。赝品仿品也越来越多，几乎让人真伪难辨，需要有专人鉴定才行。当有人觉得需要有他的图像来作为他活着的证明时，通过他最亲的人的回忆，人们画出了他的画像。可是人们发现，不同的人根据他最亲的人的描述画下的每一张画像都完全不同，这一张的眉毛是浓浓的卧蚕眉，那一张的眉毛却成了疏疏淡淡的样子；这一张是潦草不堪的络腮短胡，而另一张却是精心修饰了的山羊胡须。而真正的他，到底长成什么样子，没有人能说得清。

昊十九真的把自己藏了起来，以至于后来的人们在整理景德镇掌故时，才发现这个人的故事完全模糊不清。没有人知道他具体的生卒、相貌、爱好、习惯以及婚娶子嗣。没有人知道他挣下的巨额银两，最后被谁挥霍或成了谁继承的遗产。人们甚至发现，昊十九这个名字，也有可能只是一个误称，一个化名。有人说他是吴十九，“昊”不过是“吴”的讹传。因为人们翻遍景德镇当地的姓氏，并无“昊”这个姓氏。根据1973年江西都昌一座明代墓出土的用青花书写的圆形瓷墓志所载，墓主是一个吴姓之人，讳振邦，行昊十，号近泉，浮梁景德镇人氏，又有人由此附会昊十九与他有亲缘关系，他行昊十，昊十九当是这个人的弟弟。这种牵强附会的考证很容易被人反驳：这个人行昊十，昊十九行昊十九，有哪位母亲一生能生下十九个孩子的？（当然也有可能是一个家族的排行。）再说，“昊十”又是怎样一个排行法？有人妄图从别人写他的诗句中找到关于他的

娇黄凸雕九龙方盂（明）吴为　台北“故宫博物院”藏

蛛丝马迹，他们还真是找到了两首诗，一首是据说生前与他相交甚厚的一个叫李日华的名士、书画家赠给他的诗：“为觅丹砂斗市廛，松声云影自壶天。凭君点出流霞盏，去泛兰亭九曲泉。”另一首是明代万历年间的一个叫樊玉衡的御史所赠：“宣窑薄甚永窑厚，天下知名昊十九。更有小诗清动人，匡庐山下重回首。”可这两首诗，除了充满了古代文人之间惯有的客套，云山雾罩的诗歌修辞套路，并没有什么让研究者觉得有价值的信息。有人不免怀疑：这个世界上真的存在过一个名叫昊十九的制瓷大师吗？可至今台北“故宫博物院”依然藏有昊十九所作娇黄凸雕九龙方盂，上书铭文：“钧尔陶兮文尔质，龙函润珠旭东壁，万历吴为制。”九龙方盂造型精绝，九条龙似乎随时破壁而出，是罕见的瓷器极品之作，与人们所传昊十九的非凡瓷艺相符。这一作品落款“吴为”，正是本名为“吴为”的昊十九存在的有力证据。

在人人费尽心机苦心经营以求自己的名号享誉瓷业、名垂青史的景德镇，昊十九根本无视景德镇的规矩，刻意让自己藏起来，任谁也找不到他，这该是一个怎样的恃才傲物、不可一世、特立独行的人呀！

贰

在景德镇，说到周丹泉，人们都知道他是为数不多的爱用一把包浆锃亮的紫砂壶喝茶的人。这个来自有着“地上天堂”美称的苏州的男子，到景德镇不多的时间里，已经喜欢上了景德镇本地绿茶“浮梁仙芝”的清香。可他依然习惯用老家宜兴的紫泥做的、陪伴他多年的紫砂壶泡茶，也许他是以此寄托乡愁，而人们也可以借此隐约猜测他的籍贯。在景德镇人的眼里，周丹泉还是一个和颜悦色好脾气的人。他会随手逗弄远称不上熟悉的年轻母亲怀中的婴儿，随口哼上几句他称之为评弹的、与景德镇当地的曲调完全不同的委婉小调。在不忙碌的日子里，他爱持着那把颇有年岁的紫砂茶壶在街头晃悠，到处与人神吹海聊，说说上海城隍庙的小笼包子怎么好吃，杭州西湖边上的女子怎么好看，苏州宋锦又是如何精美，拙政园里的荷花盛开得如何娇艳。周丹泉甚至说得上是一个爱开玩笑的人。他一点也不老成持重，脸上鲜有与他身份相契合的严肃和高深的表情。他就是个老小孩，醉酒会发点小酒疯，冷不丁会对身边的人扮个鬼脸，讲个小笑话，遇到高兴的事一点不掩饰，还会舞之蹈之。人们会说，这个来自苏州的周丹泉，怎么这么有意思呀。

周丹泉其实是明朝隆庆、万历年间在景德镇做瓷的高人。或者说，周丹泉是一个把玩笑开到瓷器里的人。他所从事的行当是仿古瓷。他模仿古人的作品，根本无须在作品上留下自己的印记。那可真是个嬉皮笑脸的事儿——他要给许多据说是孤品的古代陶瓷作品增添一个孪生兄弟，或者让别人怀疑那件真正的古代瓷器的真伪。他要故意混淆视听，把自己亲手制作的器皿伪托于前朝某位著名制瓷大师的名下，用的完全是这位大师作品的造型、着色，甚至裂纹、气韵如出一辙，以此赚取自己的财富和名声。他做的仿古瓷，往往到了以假乱真的程度，而其中又以定鼎、文王鼎和兽面戟耳彝等的仿制最为擅长。他让整个景德镇既趋之若鹜又防之唯恐未及。有钱的客商，都愿意出重金购买他的作品——那可都是一离开他的家门就可以当作古董以更高价出售的好东西。而收藏有真正的珍稀古瓷的人家，就对周丹泉的光临怀着警惕，唯恐自己家的宝贝被他看过后成批仿制，那件真正的古瓷就会因仿品众多而贬值。

有一个关于周丹泉制作仿瓷的故事在景德镇广为流传，谁也不知真假。故事说周丹泉曾经从苏州坐船回景德镇，路过金陵的时候，顺便拜访他的朋友唐太常。期间，唐向他展示了一个据说是绝无仅有的古代白定炉鼎，借此炫耀他的收藏。半年之后，周丹泉从景德镇返回苏州，路过金陵时重去拜访唐太常，唬说唐的白定炉鼎并非孤品，他自己在景德镇的古玩市场上偶尔闲逛时就得了一个。唐连忙搬出自家的收藏与周丹泉所示进行比较，果然一模一样，连自己装定鼎的器皿，也能与之俨然合缝。唐大惊，连忙追问丹泉定鼎的来路。这个爱开玩笑的人，此时露出了孩童才有的恶作剧得逞后的坏笑，说自己携带的鼎，并不是古玩市场上的捡漏之物，完全出自自己的模仿秀，是半年前看到唐的定鼎之后回到景德镇的戏仿之作，不过是自己跟唐太常开的一个小小的玩笑而已。半年前，周丹泉看到唐太常的定鼎，就偷偷用手指量了尺寸，并暗中记下了鼎纹的样式。无比叹服的唐太常，旋即用重金四十金买下了周丹泉的那只假冒的定鼎，作为自己精心收藏的定鼎的副本供在自己的家神庙里。这个故事在景德镇传得神乎其神，表面上纹理清晰完全无懈可击，人物、姓名、地点和数字等细节一应俱全，看起来根本不像是假的。有人向周丹泉验证故事的真实性，周丹泉不是笑而不答，就是对着

娇黄锥拱兽面纹鼎 （明）周丹泉 台北“故宫博物院”藏

紫砂壶抿上两口茶，对来者的问话听而不闻，嘴里哼上两句昆曲评弹踱步而去，让问话的人盯着他的背影发呆。有人不免怀疑：这是不是周丹泉依他熟稔的仿古瓷伎俩杜撰出来的一个仿真玩笑？而他自己，也不是一个真人，而是他依一位古代贤达的品格性情或者某件瓷器上的人物画像精心临摹出来的仿品？

…………

入冬了，明朝隆庆、万历年间鄱阳湖的水面依然浩渺。周丹泉站在船头，眼望着那因为寒冷而开始发硬的波展水面，嘴里衔着那把日日不离身的紫砂茶壶。风吹起他的衣袂，他的发须因此也乱成一团。船头波浪汹涌，周丹泉的表情却闲庭信步般轻松。周丹泉此行，是要去上海、苏州、金陵、杭州这些远比景德镇繁华阔达之地，兜售他的作品。那些假称洪窑、永窑、成窑甚至是景德窑的物什，那些以假乱真、不露一丝破绽的瓷器，此刻正在船舱里酣然入梦，它们将成为上海、苏州、金陵、杭州博古家争相购买的宝贝。

每年初冬时节，由于天气变冷、窑温不好把握等原因，景德镇陶瓷业进入淡季。周丹泉会趁机离开景德镇，乘船沿着鄱阳湖水道进入长江，携带着自己仿制的瓷器前往江南繁华富庶之地。他会给每一件瓷器都编造出一个子虚乌有的故事，有意让瓷器蒙上一层传奇的色彩。这个爱开玩笑的人，会以古瓷藏家或者商人的身份，捉弄那些财大气粗又爱附庸风雅的暴发户，乃至那些自以为入行很深、目光如炬的博古行家。他要让那些在收藏界最负盛名的人、善于甄别鉴赏的行家，在他仿造的瓷器面前丧失分辨力，如获至宝般地把那些其实是刚出窑不久的瓷器以数百年前名家瓷器的价格买下。然后，他要去吃一吃上海城隍庙附近的小笼包，逛逛车水马龙、美人倾国的金陵城，到唐太常这位老朋友家中吹吹牛，买回些女人用的胭脂布匹、孩子吃的糖果点心，再赶回苏州，将剩下的大把银子在许久不见的妻子们面前打开，要亮瞎她们的眼睛！

这个叫周丹泉的，满口吴侬软语、满脸和颜悦色的人，这个景德镇甚至海内闻名却没有一点名人架子、爱开玩笑的男子，其实是一个无比狂妄的人。他敢于和时间开玩笑。数百年的时光，仿佛生死悬崖，而他在这陡峭的悬崖边上腾挪跳跃、如履平地，仿佛那白骨皑皑的悬崖，不过是他邻居家的菜园子。他敢于给时间这匹桀骜不驯的烈马钉上铁掌，让径直流向天际的汹涌河流拐弯缓行。这个精通模仿的人，是上苍也察不出破绽的人。或者说，如果上苍也是一名制瓷大师，说不定会聘请周丹泉做他的替身。而他做的仿古瓷，说不定就是今天的故宫也会以他戏仿之人为名收藏或展示，因为他的手艺几乎让时间的缝隙完美缝合。周丹泉因此赢得了景德镇世世代代陶瓷从业者的尊敬，他的瓷器被统称为“周窑”——在景德镇历史上，那是艺术造诣极高的大师才有的、最为尊贵的待遇，是他这个艺术狂徒以精妙创作换来的至高荣誉。

叁

吃过早饭，程门让仆人将御窑厂派来的、已等候多时的听差迎进家门，听他唯唯诺诺地说御窑厂前几日已发来请柬，请自己参与主持一个御窑点火前祭拜陶神的仪式，因为一直没见回话，御窑厂方面遂派专人来延请。程门以一个简单的理由打发了听差，他知道只要不怠慢到让御窑厂管事的人脸上不好看就行，没有人能对他怎么样。他随手拆开了仆人递上来的几张请柬，无非是当地名流赴宴、赴会的邀请，对这些事他已提不起兴趣，只需淡淡地交代仆人要如此处理即可。他终于有时间坐下来写几封信，比如回复京城某某官员订购他瓷画的请求，对某位画坛朋友来信提出的某个理论问题进行解答，同时没忘记给远在京城的妻儿写了问候的家书，给身在安徽老家的老母的去信里附了一张银票。忙完这些他站起身，把仆人叫到跟前，交代他说今天所有来客他都不见，如有人问起，就说他出门远行去了。秋天景德镇的早晨已经有了些凉意，他随手从门后抓起一件平常人家都有的短褂，边穿边走出了家门。

街道上偶有人推着装有烧窑用的槎柴的车走过。槎柴后面的那张脸上，满是劳作者的汗水。女人提着装满了蔬菜的篮子，匆匆前行，一看就知道刚刚买菜归来。在街道上，因为程门这一件依稀有洗不尽的颜料斑点、仿佛穷人家常备的短褂的伪装，没有人认出他的真面目。

与程门同是安徽人的当朝李中堂李鸿章亲自主持修复的六个御窑，坐落在珠山旁边，程门抬头可见。十多年前，太平天国的反清运动让整个大清朝千疮百孔，景德镇的御窑厂在战乱的火光中化为瓦砾。随着太平天国被剿灭，李鸿章深谋远虑，为朝廷重新建起了这六座御窑。那葫芦形的六座窑炉坐东朝西，秩序井然地分布在一条直线上。墙体上装饰的龙纹意味着不可侵犯的皇家尊严，决定着景德镇御窑厂的瓷器画风和森严的秩序。此刻阳光打在这一组气势恢宏的窑炉建筑群之上，阴影横斜落到大地上，地上所有的草木都匍匐了身子。程门却没有向御窑走去的意思（那本就是他的工作场所），也没有向着它们投去类似于臣子面对皇亲国戚应有的敬畏眼神。他只是漫不经心地瞥了一眼，然后背着御窑向更远的街道走去。

那由六座窑炉的墙体上装饰的龙纹决定的景德镇御窑厂的瓷器画风和森严秩序，也一直是程门遵循的清朝宫廷的画风和秩序。景德镇熟悉程门的人都知道，他是直接由朝廷委派的宫廷画师，是一直严格按照皇家的美学程式进行创作的权威艺人，是御窑厂响当当的、哪怕督陶官大人都要敬重几分的御窑挂名画师。

才过天命之年的程门已是大清朝满朝文武乃至平民百姓人人追捧的画坛名家。他有非常深厚的功力，从小工书善画。他的楷书，有掩不住的书卷气，画上题款、纸上书信都有文人风流气充盈其间；随意作行书，自有不衫不履、游行自如的脱俗境界。他的画，更是精妙绝伦，他不仅擅长山水、人物、花卉，甚至鸟兽虫鱼都用功精深，画谱广涉。他曾经遍搜唐宋元明及本朝历代大家画作，反复揣摩习练，终于集成独家画风，及至咸丰、同治时，名噪大江南北。即使片幅零缣之作，简短的信札，随手画下的几笔写意兰花，练笔舍弃的纸团里的一两只玲珑虫鸟，都会让人如获至宝。他年纪轻轻就声名远播，以至于朝廷在他刚过而立之年就迫不及待地召见他，请他与来自全国各地的著名画师一起为年少的同治皇帝的大婚画瓷。这是何其巨大的恩典，试问宇内有几位画家能享受到如此尊贵的礼遇?

程门想起为完成给同治皇帝新婚画瓷的任务，第一次到景德镇的情景。那是同治十一年（1872），太平天国之乱刚刚过去几年，受过战乱之苦的景德镇完全没有东方陶瓷之都应有的雍容华丽，显得萧条凋敝。在军机大臣李鸿章的筹措下，毁坏的堂舍得到重建，炮火中倒塌的窑炉得到恢复，可集历代瓷画家经验和智慧的库存瓷样及资料等一切家底却踪迹全无，再加上经过长年战乱，市场萧条，画师们忍饥挨饿，景德镇的出路在哪里？到达景德镇的程门并诸画师为完成给即将大喜的同治皇帝画瓷的任务，潜心画瓷，依照皇家珍存的审美图式创作出了许多粉彩精品。而在为皇帝画婚瓷之余，他自告奋勇，领着画师们因陋就简在瓷上开始了全新的试验探索。他们以浓淡相间的黑色釉上彩料，在白瓷上绘制花纹，再染上淡赭和极少的水绿、草绿与淡蓝等。他们将画好的瓷器进行七百度左右相对简易的低温烧制，最终烧出了纹饰与纸绢上之浅绛画近似的一种彩色瓷——浅绛瓷。那是从宋元文人纸本或绢本画上得到的灵感，是宫廷招募的以程门为首的一批画家为应对景德镇在战乱之后的凋敝开展的创造。经过画师们的共同努力，浅绛瓷成为清中期以来倍受追捧的艺术品类。那也是施彩浅淡、画意幽远的艺术，暗合了饱尝战乱之苦后渴望休养生息的国家心理。远处的山峦，天地间蒸腾的云雾，近处的亭台楼榭，画中走过石拱桥的樵夫渔父，浅绿的树枝上一两只扑腾着翅膀的鸟，三四只趴在叶子间弹踢着细腿的虫，无一不是战后人人向往的和平与无为而治的理想国的缩影。

享受了为同治皇帝大婚画瓷的待遇，领着大伙儿创造出浅绛瓷

浅绛溪山烟雨图瓷板　（清）程门

品类的程门，成为朝野上下一致公认的画瓷界大师级人物。他的纸本、绢本以及瓷画被藏家一炒再炒，已经到了让人咂舌的程度。他的画作所遵循的、经皇家检验符合宫廷美学的构图、着色等原则，已经成为众多画者遵循的铁律。同治大婚十五年后，程门又奉命担纲光绪皇帝大婚画瓷的工作。这是他再一次来到景德镇的原因。

他满可以像第一次来景德镇一样，以皇家的审美程式来决定创作的形式、意境、主题，烧制出一批精美的粉彩瓷轻松交差——他已经是一个功成名就的人了，是清王朝精心打造的一尊偶像。只要沿着人们对他的期待那样画下去，他就永远是由他创造并经宫廷倡导的美学世界的王者。

可是他依然不满足。皇家的恩典、世人的追捧，并不能局限他那颗向往自由的心。是的，他不仅是皇帝的画师，更是黄公望、吴历等人的精神后裔。前辈黄公望是全真教弟子，一生以道家心境浪

同治大婚用瓷 · 红地金喜字纹碗　清

“大雅斋”款粉彩花鸟纹花盆　清光绪

丹崖玉树图
（元）黄公望
故宫博物院藏

林塘诗思图 （清）吴历 故宫博物院藏

迹山川，他对江河山川的兴趣，远大于对世间名利的关心。他对世间争扰避之唯恐不及，为了领略山川的情韵，他常常深入山中，悉心观察山川朝暮变换的奇丽景色。他居松江时，观察山水更是到了如痴如醉的地步，有时终日在山中静坐，达到物我两忘的境界。程门常以“黄公望门徒”自诩，反复临摹黄的画作，从中感受黄的归隐之心。他曾受黄公望《富春山居图》的启发，创作出《溪山烟雨图》，画面依山势铺陈开来，高低错落，林木参差，有水村人家藏在丛林深处。他还在画旁附了陆游两句诗“溪添半篙绿，山可一窗青”，完全是道家的语境、隐者的言辞，从中可以读出他潜藏的心境。吴历自号渔山道人，是与黄公望同乡的清初画家，更是个无比决绝的隐者。清朝政权建立，他避儒入佛，整日与僧侣往来，谈禅论道，不问世事，又皈依天主教，最后隐居澳门。他一生为布衣，社会地位低下，却不仰慕权势，天马行空，独来独往，过着贫穷却自由无拘的生活。他的画，用笔沉着谨严，以重墨积墨堆山砌石，风格浑朴厚润，尽显其个人磅礴的生命能量和襟抱。程门以他们为先师，怎么可能仅仅满足于做大清国皇族尊崇的、飞鹰走狗之余把玩的艺人，做一个优柔寡断、整日为声名所累的世俗画匠呢？

他要做隐藏在他的名号“雪笠”里的那个人，戴着斗笠在大雪纷飞中行走，只寻梅香，不问归处。

他要走出九宫格的牢笼，以天地为画纸，以四季为颜料，以万物为主题，以自然为故乡，画出自己心中真正的圣境。

越过窑炉高耸、人来人往、一副严肃表情的御窑厂，绕过几座众声喧哗的酒肆茶楼，程门来到了景德镇的街头。他看到了那些经常抱着酒坛旁若无人地饮酒的浪者，那些衣衫不整、胡子拉碴、整日念念有词的街头艺人，那些口音杂乱却全都落拓不羁的画家，那些看起来松松垮垮其实蕴含了巨大创造力和可能性的异端分子……

早在十余年前，程门第一次到景德镇为同治皇帝大婚画瓷，就发现了他们的存在。他们仿佛是同时期法国的塞纳河畔的画家，生活潦倒而心性自由。他们的创作颇为即兴，于陋室或街角，寥寥几笔，便将尘世烟火跃然瓶上。这些堪称中国抽象艺术的瓷瓶，以极低的价格进入寻常百姓家，为画师筹得微薄酒资，令他们感到满足。而现在，程门看到他们依然潦倒、落拓，也依然自由而快乐。只不过十多年前年轻干净的脸现在蓄起了胡须，过去乌黑的两鬓变得有些斑白。他们的脸上，却有一种共同的光，仿佛瓷器上永不衰退的釉色。

知天命之年的程门走上街头，成为他们中的一员。他和他们一起在街头饮酒，唱歌，谈论艺术。他不再精心修剪自己的胡须，任由它们野蛮生长。他逐渐解除了心里的枷锁，梦里不再是九宫格的围困，而是飞鸟、蝴蝶、白云和闪电。偶尔，他会梦见自己骑着一头驴，漫无目的地行走在旷野之中，驴蹄子的悠然声响，回荡在天地之间。

在街头画瓷的日子，程门经常随意地在瓶上点缀，或着笠闲钓于大江，或策杖访问于山水，或驾舟栖于柳塘，身寄尘世，心超物外，逍遥于宇宙之间。无论是三两笔兰花，还是一两根藤蔓，都与朝廷不再有关，而是自己内心的风景苍郁氤氲使然。他的作品，留白的空间越来越大，道家之气充盈于浅绛山水之间。淡红或青色的山水，是他在瓷瓶上为自己构筑的隐居之所。起初他欣赏米氏父子的云山，烟云变灭，林泉相映。可后来，他又认识到“写云山当以气胜”，气胜，则法度自生，气象蒸腾。他的笔下，越来越貌似潦草，简单，不衫不履，却有强大的精神气场，真气奔涌，冲出画外。走上街头的浅绛彩瓷宗师程门最终领悟了“瓷道”，并成为当时几乎无人能超越的大师。

肆

又是一个望日。黄昏刚至，邓碧珊就显得有些魂不守舍。他站在家门槛上看天色，但见天上薄云如纱飘动，几颗星子在薄云的轻拢慢移中若隐若现。他知道这会是一个不错的晴朗夜晚。他吩咐老伴早早做了晚餐。晚餐菜没上齐他就急切地在桌前坐下。他吃起来完全不像往日那么慢条斯理，就连平日他喜欢的景德大曲也没有喝上两盅。老伴提醒他昨日天津帮的瓷庄老板来谈的鱼藻图瓷板四条屏生意，因为据说下月天津卫的一个大老板的六十大寿要用它们，以此来讨得年年有余的口彩，时间太紧恐怕赶不出来，是否要辞了去。而且价格也过于低廉，条件也过于苛刻，说是结账时只付纸钞不付银元。这世道物价涨得离谱，纸钞哪里抵得上现银？不过如果不接下这档生意，一家人的家用就快要成问题了。这兵荒马乱的世

鱼藻图瓷板　邓碧珊（1874-1930）

道，到底该如何是好？听着老伴的唠叨，邓碧珊嘴里嘟囔着算作回应。他的回答如此含混不清，让老伴疑心他压根就没有听进去。她想起今天是个望日，知道这个日子里就是天大的事情都装不进他的心。她想，此刻他的心说不定早已飞向了珠山附近的文明酒楼，飞向了即将升起的月亮之上。

草草吃过晚饭，邓碧珊带上一件新作的鱼藻纸画，迫不及待地向珠山御窑厂龙珠阁附近的文明酒楼走去。暮色深沉，他走过的路上家家亮起了灯光，从窗户里透出的灯光让人虽身处乱世亦觉得安慰。近日画鱼藻又有新得，众多老友阅后不知会有何评价？想到此，邓碧珊不免稍稍加快了脚步。

出生于同治十三年（1874）、来自江西余干的邓碧珊，是景德镇闻名的大画师。他早年画瓷板人物，颇有所成，现在景德镇运用的九宫格画法就是来源于他的发明。他兼画山水，亦有元代黄公望、王蒙、倪瓒等大师的遗韵。后来，邓碧珊转攻画鱼藻。他画的鱼藻，异常真切鲜活，每一根鱼藻仿佛都是活物，每一条鱼的鳞片仿佛都在呼吸。这当然得益于他自幼生长在鄱阳湖畔，对鱼类的生活习性及形态特征了如指掌。他知晓急水中的鱼藻粗壮，静水中的鱼藻细小，小河水港才有浮萍。他知晓鲤鱼的鳞片从头到尾约有多少片，鳜鱼鳍上的硬刺有多少根。他知晓鲤鱼常栖于粗藻，金鱼常戏于狮草……他知晓关于鱼藻的无穷秘密。对他来说，水边人家随处可见的鱼藻，就是一个完整的、繁复的、具有极高艺术感染力的隐秘世界。他的鱼藻湿润、抒情、静美，脉脉含情、浮浮欲飞，饱含了佛家的慈悲愿望和道家的出世之念；他的游鱼，漂浮无依，自由自在，却每一条都有情绪，每一条都有寓意，每一条都是富有灵性的、值得精雕细刻的活泼泼的生命。

邓碧珊向日本绘画学习，把日本画鱼的静态之美与中国文人画艺术结合在一起，通过有序嫁接、合理转换，创造出了一个独一无二的以鱼藻为题材的艺术世界。他的鱼藻瓷画，闻名于二十世纪初的景德镇，并通过景德镇的各地商帮，传播到了全国各地，被通晓艺术的人收藏玩赏，视为可传后世的珍宝。

然而二十世纪二十年代的中国远不是邓碧珊笔下鱼行水藻、安宁自足的图画。那其实是一个无比动荡破碎的世界，原本美好的江山仿佛精美的瓷器，被军阀混战摔成锐利的碎片。今天孙传芳打败奉军，明日冯玉祥与直军、晋军开战。列强入侵。日本人借援奉系进入大沽口，英军舰“柯克捷夫号”等炮击万县，中国军民死伤无数。原本可以偏安一隅的江西一点也不安宁，南昌军队发生了哗变；共产党人领导的队伍发动起义，在湖南失败后领着队伍经萍乡去了离景德镇数百里之遥的井冈山。离景德镇只有数十里的葛源，有共产党的几万军马。当此乱世，景德镇岂能幸免于难？1926年，北洋军阀孙传芳部属刘宝题师团兵败过境，将景德镇二百余名陶瓷艺人自发组织、惨淡经营了五年之久的瓷业美术研究社洗劫一空。景德镇艺人们多少年的心血毁于一旦，景德镇瓷业美术研究社遭此厄运难以继续，只好在兵荒马乱的日子里宣告解散……

残酷的现实与瓷上的美好愿景背道而驰。践踏在中原大地上的马蹄远比瓷上的骏马凶狠千倍。狼烟四起，给瓷上的洁白釉面蒙上了阴影。无休无止的战乱让景德镇的瓷器生产无以为继。瓷艺家们的生意淡得让人寒心：民国十七年（1928），全镇制坯行业（包括圆器、琢器）开工的厂家仅有1451户，开烧的瓷窑仅有128座，彩瓷行业开工的厂家（红店）仅有1452户。这在厂家数千家、瓷窑近千座的景德镇，简直是难以想象的事情！

可在景德镇，艺术从来就是任铁骑战火也摧毁不了的坚韧存在。在景德镇，艺术是人人信奉的宗教，瓷器上雪景图里的茅屋、山水图里的楼阁可作教堂，花鸟图中一根自由的藤蔓就是一条朝圣的路径。艺术是瓷器碎了依然怒放的一朵青花，是景德镇古窑里永不熄灭的一点星火。在景德镇，艺术超越了和平与战争、生与死、贵与贱、爱与憎。它是景德镇的血液里涌动的按捺不住的波涛，是上苍赐给的一点人人争而饮用、让人癫狂的美妙酒酿。

1928年，中国内忧外患之际，在窑火萧条的景德镇，一群集体犯着艺术“毒瘾”的民间瓷艺人，相约以每月月圆之日，聚集在景德镇珠山附近的文明酒楼里，饮酒品茗，谈瓷论画，称之为“月圆会”。他们轮流做东，定下规矩，要求作为宾客者各带纸画一幅，既作观赏，又作答谢主人之物。他们术业有专攻，如何许人画雪景，王大凡画粉彩仕女图，王琦画写意人物，徐仲南被誉为画竹大师，田鹤仙画梅，程意亭画花鸟，汪野亭画山水，毕伯涛擅长翎毛花卉，刘雨岑擅以兼工带写的笔法描绘花鸟草虫……他们之间亦有不同的情分，如王琦与邓碧珊有师生情谊，王大凡和毕伯涛是儿女亲家，汪野亭、程意亭为同窗校友，刘雨岑拜王琦为义父。但当时，他们都是战火焚烧下的孱弱国家的流民，同时也是艺术王国里肆意的狂徒。因为他们常住珠山旁的五龙庵，人们模仿“竹林七贤”“扬州八怪”的称谓，称他们为“珠山八友”。

一边是潦倒的眼看就要缺衣少食的家，一边是可以品茗饮酒的文明酒楼；一边是废弃的瓷窑，是战火中凋敝的景德镇，一边是可以谈诗论画、吟风弄月仿佛理想国的月圆会……邓碧珊走在路上。从此处到彼处并不遥远，但邓碧珊将这段路走得滋味悠长。这个曾有过清朝秀才功名的读书人，这个喜欢吟诗作对的老汉，此刻难免

雪景图瓷板　何许人（1882-1940）

粉彩木兰还乡图瓷瓶（附局部） 王大凡（1888-1961）

有几分寻章摘句的冲动。月亮已经迫不及待地升起来了。如水的月光照耀着二十世纪二十年代末民不聊生、满目疮痍的中国，给这苦难的中国洒下一片清辉，仿佛是慈悲的母亲安慰着承受痛苦的孩子。这美丽至极又苦难深重的江山不过是一件画着焦墨山水图的瓷器，而月光就是这瓷器上光洁的白釉。邓碧珊暂时忘记了生活的困境和越来越糟糕的时局，恍惚间他疑心自己是瓷器上正翻过石桥的一名形容生动的樵夫，一名背着鱼篓跨过溪水的发须凌乱的渔父，一名走在苦行的路上僧袍宽大、表情庄严的僧侣。或者说，他只是他笔下的一尾鳜鱼，体态俊逸，鳞片闪耀，悬浮于这如水的月光下，那四野的树木，不过是这月光流水中一丛飘摇的水藻。晚风如梳，珠山在望，邓碧珊慢慢地在路上走着，他感到自己的身体在变轻，似乎要与这月光融为一体。他逐渐走出了这让他愁肠百结的苦难人间，乘着月光飞跃到了珠山之上。那景德镇中心隆起的珠山，那邓碧珊们相约聚首的珠山，那历代景德镇工匠和画师、朝廷官员和黎民百姓都要景仰的圣山，此刻在月光之下，就是天上仙人们雅集的瑶池。

伍

1937年7月7日，驻华日军在卢沟桥附近演习，借口一名士兵失踪，搜查宛平县城受阻，遂制造了卢沟桥事变，自此，日本开始了全面的侵华战争。仅仅一年时间，日军与中国军队在中国的土地上进入了殊死决斗的阶段。这一年多时间，发生了太多的事儿：国共进行第二次合作；日军在南京制造了致三十余万人死亡的南京大屠杀；徐州会战，台儿庄战役，武汉会战；厦门沦陷，合肥沦陷，徐州沦陷，安庆沦陷，广州沦陷，武汉沦陷……时局危急，为阻日军长驱直入，蒋介石制造花园口决堤，黄河因此改道，中原数百万人无家可归……国民党军队全面溃败在即，国土逐渐沦丧……

消息不断地通过报纸以及其他渠道传到了景德镇，景德镇的人都对时局忧心忡忡。武汉沦陷，距武汉仅数百里的景德镇自然感到空气紧张。战争让景德镇的陶瓷生产陷入极度困境：水陆交通时断时续，有时连续几天整个鄱阳湖湖面上都没有一条船行驶。镇上八十多家窑户仅有两三座窑冒烟。不少艺人只好改弦易辙，关店返乡，租田耕种，开荒种菜，等待时日。

徐顺元同所有的景德镇人一起担心着时局。没有国哪有家的道理徐顺元是懂得的。可徐顺元在忧国之外还怀有自己的心事。他是个画师，一个即使面临战乱也不肯歇笔的画师。即使全镇大多数画师都已经停工歇业，徐顺元依然在夜以继日地创作。他赶制一件作

粉彩人物图瓷板　王琦（1884-1937）

粉彩人物图瓷板　王琦

粉彩“读书窗外一枝斜”瓷板
徐仲南（1892-1953）

粉彩“富贵白头”瓷板
程意亭（1895-1948）

粉彩山水瓷板
汪野亭（1884-1942）

粉彩“八百千秋”瓷板
毕伯涛（1885-1961）

粉彩“一鸣天下晓”瓷板
刘雨岑（1904-1969）

品已经花费了几个月时间，现在已经进入最为关键的完工阶段。

徐顺元是个镂雕画师。他自小入门学习瓷雕艺术，出师后在景德镇方家坦自立门户，自办小作坊。为让自己能在高手如云的景德镇有一席之地，他涉猎甚广，不仅善于从古典文学、神话故事中，从说书人口中寻找题材，还善于借鉴陶瓷姊妹艺术的长处，并将其融进镂雕作品中。他还懂得向自然和经典学习，经常去野外采集花草、捕捉鸟虫并带回家观察，或者背着一堆泥料去寺庙里住上几天，面对菩萨塑像细心临摹。他逐渐有了自己的风格，雕镂的作品，无论是花鸟虫鱼，还是石山凉亭、花篮盘碟，都有神采，宛如活物。

徐顺元并不满足于此，他要雕出属于自己的独一无二的作品。几个月前，他开始着手创作一件叫作“龙舟”的作品。那是属于他一个人的江山，他一个人的国。他相信，这一作品如果成功，他将是景德镇镂雕这一行中青史留名的大师，他的作品将是战火也毁不掉的艺术胜迹。

他差不多就要完工了。去他作坊看过他的这一宏伟创作进程的人，都把将要完成的龙舟说得神乎其神。他们都用赞叹的口吻介绍说，这绝对是一个了不起的工程，一件价值连城的艺术极品。他们用手比画，说龙舟有一尺多长，用的手法就有圆、捏、浮雕等多种，楼阁就分了上、中、下三层，官人侍者身份不同、神态各异，每层都配有桌椅板凳、花瓶摆设，所有门窗都可活动，稍稍震动，龙眼龙舌就摇晃不停。他们说舟身鳞片用一块块小瓷片粘贴而成；船尾的锚链虽细如发丝但依然可以取下装上，可谓精巧至极；两根龙须向前伸展又略朝上卷曲，仿佛巨龙正喘着粗气昂首前行……

徐顺元终于完成了最后的一笔。他找到了一个依然坚持生起窑火的窑主，请求他为烧制龙舟留一个恰当的位置。窑火焚烧，窑火熄灭。当徐顺元将装了龙舟的匣钵从窑里战战兢兢搬出打开时，他发现自己费了数月精心创作的龙舟好像遭受了暴行，裂变损毁，完全成了废品。仿佛君王看到自己的国破山河碎，他顿时“啊”的一声晕过去了。

从此，景德镇的街头经常有一个疯子在游荡。他的目光呆滞。他的表情怪异。他经常念念有词。他说自己就是上苍派来拯救景德镇的威力无穷的神仙，是开天辟地的盘古，是名列封神榜、随时可以上天入地的神灵。他曾经五天不食，身边空无一人却说有八仙陪伴；也常去郊外坟地过夜，说要倾听鬼神歌哭。他经常一会儿哈哈大笑，一会儿撕下衣服呜呜大哭……

人们对徐顺元的疯癫见怪不惊。在景德镇，这样的疯癫者从来就不是稀有之物。艺术是一条危机重重的险途，在景德镇这座有着数百年历史的陶瓷艺术之城，不慎在艺术的岔道走失甚至跌落在艺术的悬崖之下是常有之事。艺术在景德镇是人人爱饮的一种酒，它让多少人久饮成癖，醉态百出，一再地引起身体和灵魂的哗变，表现出异于常人的哭之笑之。那些热爱艺术的人们，那些在瓷上精雕细琢的画师，那些踉踉跄跄的酒徒，他们或疯癫于外，或狷狂于内，满脸酡红里带着一点孩子的固执和天真，双目迷离中透着一点诗人的浪漫与柔情，无所顾忌地在景德镇发疯耍泼，把景德镇当作与不堪现实相剥离的一座酒馆。借助艺术，他们逐渐逃离了身体或现实的桎梏，让灵魂游走于精神旷野和自由之境。瓷上的一朵朵青花，就是那精神旷野和自由之境里常开不败的花朵。

那些狷狂或者疯癫的画师，构成了景德镇这座古老的中国陶瓷艺术之城的风骨。

督陶官：唐英的手腕

壹

唐英到达景德镇的时候，已是十月。依照规矩，当地的官员免不了要接应款待，要摆上两桌酒，趁着酒兴说一些场面上的话，还要陪着唐英去御窑厂视察一番，并且要将当地人入匠籍的情况、石料窑柴的来路等一一呈报，以便唐英掌握。还要召三五个工匠来向唐英跪拜。如此两日。从京城到景德镇千里迢迢，唐英一路赶来未免辛苦，十月的南方，天气依然炎热，太阳依然朗照，唐英几乎整天都浸在汗水中。可初临景德镇，这个长期在北方生活的中年男子依然尽力克服鞍马劳顿的疲惫和对南方气候的不适应，煞有介事地与官员们周旋，直到礼毕才散。

经过一段时间的巡视，唐英大致掌握了景德镇瓷器生产的基本流程，对这一行业的苦辛有了大致的感受。在御窑厂自己的官邸内，唐英开始陷入沉思。他在考虑，这样一座有过千年产瓷历史的瓷器城，在他这个皇帝钦点的协理督陶官手里，是该成为一座充斥着民变隐患的火炉、一个纠集无数瓷匠没日没夜生产瓷器的皇家产业，还是一座可以冶炼精神、让自身也产生窑变的梦工厂？

名义上的景德镇督陶官年希尧远在千里之外的淮安，鞭长莫及，身为协理督陶官的唐英成了景德镇御窑厂真正的管理者。他首先要面对的问题就是：他该如何面对这座有着千年制瓷历史的城市的过去与现实，该怎样构建自己与这座著名的东方陶瓷艺术之城的关系？是像过去的许多督陶官一样，仅仅做一个皇家的奴才，一个碌碌无为、浑浑噩噩、装腔作势、颐指气使的钦差大老爷，还是潜下心来，俯下身去，深入景德镇的每个角落，了解制瓷这个行业的方方面面，花大力，下苦功，以尧舜之道，用在皇帝身边多年学到的

唐英雕像

唐英瓷像

统摄之术，率瓷业建立属于景德镇自己的行业文化体系，让景德镇瓷艺享誉世界，让自己成为景德镇历史上有几分作为、值得历史记住的人物？

初来乍到，万事无着，唐英的心未免有些乱。为了整理出一点头绪，有时他会在半夜披衣漫步于庭院，或者抬头望天，渴望有一颗星星能给他些许暗示。可是因为烧瓷，这座整天烟火缭绕的城市的天，远比他在皇宫当差多年看到的要暗淡无光，没有哪怕一颗星星能穿破层层烟尘，闪烁在他的头顶，成为照亮他前程的神灯。倒是远处的几根烟囱依然火光冲天，那是他多年在皇宫夜晚从来没有看到过的骇人景象。

唐英不是那种没有主见分寸、浑浑噩噩的平庸之辈，在远在两千里之外北京皇宫里的雍正皇帝眼里，十六岁时因正白旗包衣旗鼓人（也就是皇家亲族）身份进入皇宫内务府养心殿并供职三十年的唐英，已经成为可以为他分忧、替他解愁的人了。他曾以旗鼓部队（即帝王贵胄侍从卫队）成员的身份跟随康熙帝三下江南，扈从康熙远至漠北，一路担负起侍奉皇帝、保障安全的职责，“沐雨栉风于山之左右，江之东西，远至龙沙朔漠，靡不蹒跚经历，几无一息之暇”。这是皇宫对他的极大恩宠，又是他服侍趋承几近完美的证明。他在五年前升任内务府员外郎之职务，服务于制造御用器的部门——造办处，其勤勉精密，受到上至皇帝本人、下至普通太监宫女的普遍赞誉。他是武将，却爱好读书，书画文学皆有造诣，与清初四王之一王原祁等知名画家往来不疏，引为挚友；他是内臣，唯皇家律令是从，却有孔子门生风范，心怀修齐治平之愿。他少言寡语，这或许是在宫廷日久形成的脾性，却心思缜密，举止间秩序井然，目光中有坚韧不拔之精神。他看起来不温不火，不喜不怒，其实蕴含了武将的血性和读书人忧国忧民、舍生取义的担当。如此饱经历练、备受皇家信赖的一个人，被皇帝精心挑选放到景德镇协理督陶官——景德镇陶瓷真正的管理者的位置上，怎么可能无所作为，或者像前朝宦官潘相那样胡作非为呢？

经过一番考察与思索，唐英暗暗有了主意。他没有为临时树立个人威仪去放新官上任的三把火，而是悄无声息地脱下了五品官服，换上了景德镇御窑厂寻常瓷工的衣衫，迎着工匠们诧异的目光，走向了制瓷业的生产现场，成了御窑厂内一名特殊的学徒。他从制作瓷器的源头采石炼泥开始学起，然后逐渐精进，向拉坯师傅学习拉坯，向画师学习在瓷上画花鸟虫鱼，在瓷上为青山着色、为绿水描魂。他画莲花牡丹缠枝图案，画潮水祥云纹。因为在宫中多有训练，他的技艺在景德镇迅速达到了炉火纯青的境地。他还向满窑师傅学习铺设火路，向把桩师傅学习控制火候……

对这样一个据说是皇帝近臣，但又迥异于其他官员的人，景德镇御窑厂的工匠们起初无疑怀着提防和疑虑。人们会以为他的工匠打扮不过是一个颇为另类的官员的表演方式。一段时间过后，人们发现了这个人举止间的真诚，以及学习瓷艺的一丝不苟。他寡言少语，却对工匠尊敬有加，就像一个真正的学徒那样。在炼泥工地上，他会毫不犹豫地脱下鞋子，挽起裤管，跳进稠化床中踩炼泥料；在拉坯的车间，他张开双腿，用木棍搅动转盘，手忙脚乱的样子完全有失一个五品官员的风度；在画室，因把一个缠枝莲图案画得生动而得到大师傅们的称赞，这个一向沉默寡言的人，竟然乐得口里哼出了京剧；在火焰熊熊的窑房，他热得全身是汗，投柴工人反复劝离，他依然不肯离开，不断向把桩师傅询问他感到疑惑的问题，比如温差、窑变，一会儿皱着眉头，一会儿又似乎豁然开朗……随着时间的推移，他满口的京腔已经开始夹杂些许景德镇的方言，比如他会称呼某个师傅的儿子为“崽里子”，某件事情如果让他觉得称心，他会故意用“好来势”这样的景德镇方言来表达，以博得现场的喜剧效果。他不交际，不赴宴，却与工匠们打成一片，他会毫不犹豫地推辞当地某位瓷商大佬或高阶官员的宴会邀请，却与工匠们一起用餐，对工匠师傅递过来的酒碗毫不推辞，接过来一饮而尽……他与无数的大师傅小徒弟做了朋友，很多人都愿意把心里话跟他讲一讲，而他看起来也乐于倾听。他在景德镇逐渐有了很好的名声，到了后来，整座景德镇御窑厂，甚至整个景德镇的瓷业从业者，只要说到这个块头大、脾气好的北方人，都会用上敬重而又亲切的口气，仿佛说的是与自己有着血缘或地缘关系的长辈和亲人。

“陶固细事，但为有生所未经见，而物料火候与五行丹贡同其功，兼之摹古酌今，侈弇崇庳之式，茫然不晓……用杜门，谢交游，聚精会神，苦心竭力与工匠同其食息者三年。抵九年辛亥，于物料火候生克变化之理，虽不敢谓全知，颇有得于抽添变通之道。向之惟诺于工匠意旨者，今可出其意旨惟诺工匠矣。”（唐英《瓷务事宜示谕稿序》）从雍正六年到雍正九年，并不怎么懂得瓷艺的唐英，潜心涉入采石、炼泥、拉坯、利坯、绘图、烧成等造瓷行业的每一道程序之中，像一个普通工匠一样着短衫、挽裤管，渐渐熟练掌握了景德镇这一古老东方陶瓷艺术之城关于瓷器烧造的秘密，成为景德镇制瓷的行家里手；同时熟悉了景德镇参与陶瓷行业的庶民们的酸甜苦辣，得到了关于景德镇行业的第一手资料，从而迈出了奉御旨管理景德镇御窑厂的坚实一步。

三年过去了，在景德镇御窑厂的官邸内，唐英依然常常夜晚漫步于庭院，看着景德镇的夜空烟囱林立、火焰熊熊的样子。对他而言，那已不是骇人景象，而是精美的瓷器即将成器出窑的吉兆。

贰

夜已经很深了，可在御窑厂的窑房忙碌了一天的唐英依然没有睡意。他无暇顾及自己衣服上许多白色的瓷土泥浆与自己协理督陶官的身份不符，也不去想白天入窑点火的那批皇宫定制的瓷器是否会出什么意外，而是在灯下一遍遍地翻阅一大堆年份不一、印刷质量参差不齐的典籍。他的书桌上正摊开的那些书籍，大都是些本地的志书谱牒，比如《浮梁志》《里村童氏宗谱》，还有的是景德镇难得见到的典藏读本，比如《明神宗实录》。唐英想从中找到一个叫童宾的人的蛛丝马迹，他想把童宾这个人从景德镇的历史中请出来。可是他发现那些书籍里关于童宾的介绍漏洞百出、莫衷一是。唐英不禁皱起了眉头。

唐英从这些书籍中获知童宾是景德镇本地里村人氏，年纪轻

青花御窑厂图圆桌面　清　首都博物馆藏

就是个技术不错的把桩师傅，明朝万历二十七年（1599），三十余岁的他奉命为明朝的皇帝烧造一只出奇大的龙缸。龙缸久烧不成，而当时督陶的宦官压迫过甚，童宾为免工匠们担责，一个人舍身跳入炉火之中，以自己的生命助力大龙缸烧造成功。景德镇民间制瓷者担心窑火失控入行不利，因此把童宾当作风火仙崇拜，景德镇亦有纪念他的祠存在。可是这些典籍中的抵牾之处分别为：由自称是童宾后裔的童氏工匠抱来的《里村童氏宗谱》的确有万历年间童宾投火祭窑的事迹记载。牒首有尊称为沈太师者三曾序曰“先朝嘉号而敕封之”，看似言之凿凿，其实语焉不详，先朝哪位皇帝，何时加封，所封为何号，宗谱前后都没有交代。童宾被皇帝封号之事，相应典籍里应该有所记录，可是唐英翻遍了包括当地志书《浮梁志》在内的景德镇的种种典籍，都没有关于童宾自尽、某位皇帝封赏的印记，让人不免怀疑《里村童氏宗谱》乃是乡野族谱为吹嘘自己的往昔而自说自话。《明神宗实录》中有关于景德镇这一期间重大事件的记载：“万历三十年（1602）二月，江西税监潘相、舍人王四等，于饶州横恣激变，毁器厂。相诬奏通判陈奇可不能补救，得旨系逮……”对童宾将身赴窑只字未提，并且两个事件一个在万历二十七年，一个在万历三十年，也没对上。何况投火事件本身就值得怀疑，做瓷器这行的都应该知道，没有哪座瓷窑燃烧时会不顾火候原理，留出一个可以供人遽然投入的大火口。故事如何生成必有隐情。那风火仙祠倒是真的存在，唐英白天请人领着去了实地考察，他发现所供神像面目不清，神像之前烛火凌乱，整座神祠低矮破旧、简陋不堪，没有任何碑文确切指认那个歪嘴巴、塌鼻子、相貌愚笨并且残缺不全的神像是《里村童氏宗谱》里所描写的童宾。

可是唐英隐约觉得童宾投火祭窑的故事里自有一股非凡的精神

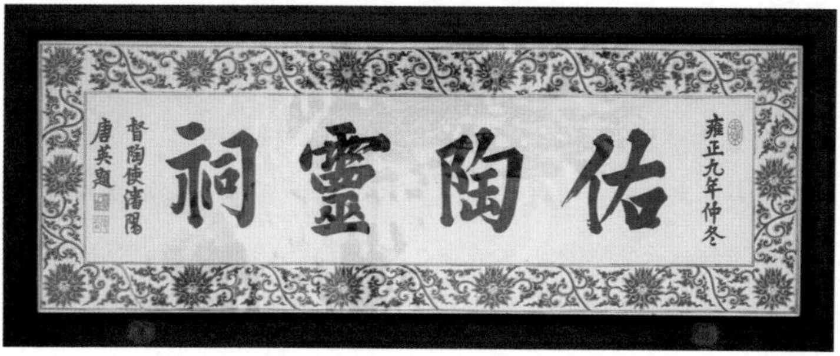

唐英书“佑陶灵祠”瓷匾（复制品）

在。景德镇烟火兴盛多年，前后为瓷匠者何止百万，能留下名字者寥寥无几，而童宾算是其中得名者。童宾出身低微，掌握着失之毫厘、差之千里，多少显得玄妙的把桩技术，自然可做千千万万、世世代代卑微无名的瓷匠的代表。故事里的他为造大龙缸而死，既是为自己的职责做出了牺牲，也是为完成皇家的使命而献身，同时也是免得让与此事件相关的工友受罚遭刑而慷慨赴火，此乃自古以来国人景仰的舍生取义之举，是上济国事下贷百工之命的行为。此事体现出来的对国之忠、对同人之义、虽死吾往之勇，理当被景德镇御窑厂管理者提炼和宣扬。他死于火，而火正是景德镇一切坯胎成为瓷器的必由之路，是景德镇这座不断产生奇迹的城市的精神图腾。

景德镇不仅是一座为宫廷烧造瓷器的作坊，不仅是千千万万卑微工匠的求生之地，更应该是具有独立文化品格的伟大城堡。而童宾投火赴窑所蕴含的忠、义、勇之精神，正适合作为景德镇城市精神之标杆，成为千千万万景德镇瓷器从业者景仰模范的动力源泉。

唐英决定从似是而非的历史中捕捉治理天机，引导瓷都民意，将童宾这一勇于献身、为瓷而死的平民英雄重新塑造。他邀请景德镇的雕塑名匠，重新创作出童宾的神像。他对负责此任务的画师提交的童宾像稿反复提出修改意见，嘱咐画师关于童宾之音容笑貌、发髻衣着要多从普通工匠中搜集素材。他筹集资金将神祠修葺一新，新修的神祠远比旧祠要广大光明、气象庄严。他从众多典籍中整理出一份完整的童宾传记，通过自己之手删繁就简、去芜存真，并以不容置疑的口气提炼和夸赞其精神。他写成《火神童公传》一文，重新阐述了童宾之生平，消除了那些相互抵牾的地方。文中他对童宾之死进行了非常高的评价："神之死也，可以作忠臣之气而坚义士之心矣。"他嘱咐手下将文章刊刻广为散发，让童宾的事迹与自己所提炼用意深入人心。他邀请远在淮安的上司、名义上的景德镇督陶官年希尧写成《重修风火神庙碑记》。两位督陶官亲笔撰文，无疑加大了景德镇借助重修童宾神祠开始造神运动的声势，加重了童宾这一平民偶像的分量。他还给神祠重新命名曰"佑陶灵祠"，这一名字远比过去的"风火仙庙"更有文气和深意，也更适合流传。他亲手书写匾额并烧制成瓷，镶嵌在神祠西院墙门楣的上方。这块瓷匾绘制极为用心，四周的缠枝番莲纹和中间的字为青花，印为釉里红，字、印都阳文凸出；字正楷，规整精工，清秀健俊；右上角腰园形引首印"古柏堂"，上、下款分别为"雍正九年仲冬"和"督陶使沈阳唐英题"，下款两枚方栏篆书"唐英之印""俊公"章。他或许还在神祠建成后亲自主持了首场祭祀仪式，规定了祭祀的程序与规格。从此之后，景德镇无论官窑还是民窑，每逢烧大件瓷器或烧窑不利，都要更衣焚香，拜风火神，瓷器烧成，要杀猪摆酒席酬神。及至后来，每座窑房都供有风火神的神龛，神龛安放在窑岭上，用窑砖砌成，内放木质灵牌，上写"风火神童宾神位"，长年由烧窑业之中的小伙手（烧窑业的一个工种）侍奉香灯。经唐英倡导，景德镇风火神崇拜逐渐深入人心，童宾精神为景德镇世代供奉传扬。

> 当神之时，徭役繁兴，刑罚滋炽，孰不趑趄瑟缩于前，而涕泣狼狈于后？神闻役而趋，趋而尽其力，于工则已耳！物之成否，不关一人；器之美恶，非有专责。乃一旦身投烈焰，岂无妻子割值舍之痛与骨肉锻炼之苦？而皆在不顾，卒能上济国事而下贷百工之命也。何其壮乎！（唐英《火神童公传》）

> 神实姓童氏，尝职窑为业。当前明神宗时，阉人督窑事弗就，数困辱操作者，神举身歼焉而后器成。如志，由是成神而举之。而镇民之尽心于胖蠁者，若有所默相焉。祠在官廨门内之东边，廨固前代所传也，则神尝祀之于官矣。（年希尧《重修风火神庙碑记》）

通过造像、修庙、撰文、题款等一系列创举，唐英完成了童宾这一景德镇神灵从民间野神到官方真神的改造，同时也是前所未有地完成了对景德镇这座古老的东方陶瓷艺术之城的灵魂塑造和精神提炼。

正是从那时起，景德镇拥有了属于自己的真正的行业神灵，成为一座有着高度文化辨识度的城市。那夜晚的无数根烟囱喷出的火焰，不仅是让粗鄙的坯胎神奇地变成高贵瓷器的焰火，也是景德镇接通神灵与生灵之间的重要媒介。熊熊燃烧的窑中的每一朵焰火，都可能来源于让景德镇所有人信赖的神灵童宾为守护瓷业显形的魅影。

叁

转眼唐英到景德镇督陶已经七年。五十四岁寿诞将临，唐英有意将寿宴办得堂皇一些，借机酬谢多有帮衬的地方官员、同甘共苦的同僚、勤勉的工匠代表，甚至常常向烧制任务繁重的官窑施以援手的民窑窑主，还有与唐英多有唱和的一二文友诗朋。他在寿诞前几日拟定了邀请名单并发出请柬，在寿诞前日从俸禄中取出部分银两，吩咐随从去菜场买些菜蔬和几斤当地谷烧。

寿诞那天，唐英早早起了，穿戴一新，随从放了鞭炮，接到请柬的人们纷纷前来道贺。不料一会儿门外鼓乐齐鸣，众声喧哗，唐英出门发现，门口聚集了数百人之多，那是景德镇御窑厂全体工匠与全镇商贾窑户共同到他的府邸给他祝寿来了。走在前面的一群人，一起举着一块碑。碑名仁寿碑，正与唐英寿诞现场气氛相契。早有镇上能诗善文的人写下了碑文，经所有工匠与窑户商贾审定后镌刻在碑之上。碑文尽列唐英来景德镇主政御窑厂后的种种事迹。碑文将唐英抬到了景德镇佛爷和福寿主的高度，并表达了对他的感激与祝福。碑文不长，此处无妨一一录上：

恭祝荣诞。

人以蓬岛之群，□宇内之寿意，比题于锦轴屏联之上，而鼓乐喧贺者，不□巨观其旧套而已矣！惟唐公之寿，咸从心感。愿鼎□于千秋之不朽，乃真寿也。故阖镇之商贾与窑户，□是。大人临镇以来，年年丰熟；大众采买物料，在在公平；疯颠孤客，得丹救而还乡；水陆行夫，免当差而逸乐；大人敬奉火神，而保众姓之清泰；虔供窑仙，而广磁玩之增华；且蒙窑价公发之外，添增酒食；窑火老嫩之失，示谕解迷，是以我等感仁感谕，而愿公于三多之祝，非邀蓬岛诸奇之比套云耳。

通厂工匠颂曰：

大人体皇上之仁；教众工之善，每见匠有未悟者，授指致精，而进其终身之益；勤能体谕者，额外奖赏而励其诸作之专；匠有疾病者，延医制药而急救；匠居窘急者，买房赏住而安身；年迈匠人，另赐衣帛食肉；众餐余积，呼来童叟均分；兼惜匠之至亲，量才亦用；冬闻匠有债急，预叫领银；空囊而旅丧无依者，济以买棺买葬；将娶而未能团聚者，周其宜室宜家，于是共称我辈之佛爷，钦命南方福寿主也。

共祝共歌，共具感戴之千秋铭颂，共喜记曰。竟不叙文，共写公之实惠。

敬祝大人唐公讳英之仁诞。

雍正十三年五月端节　沐恩众等同立。

这块仁寿碑，并非御窑厂全体工人与全镇商贾窑户对唐英的拍马溜须所为，乃是百姓对主政官员政绩和人格的最大褒扬，是景德镇对唐英七年来以仁政治理景德镇瓷业的高声回应。

三年学艺与工匠们的朝夕相处，相当于唐英以工匠身份进行了一次长久的微服私访。唐英对景德镇的官民关系、民俗信仰、陶瓷业的材料买卖、生产出精美绝伦的青花瓷器的工匠们的生存状况等都了如指掌。他知道官窑对百姓手里的原材料强买强卖，知道工匠们收入微薄，除少数掌握了核心技术的工匠大师傅被窑厂高看从而进账颇丰外，大多数不同籍贯、操着不同口音的工匠都形同蝼蚁，所得勉强糊口，成年者无钱娶亲，患病者无钱看病，死者无棺入土。

美轮美奂、寄寓深远的青花瓷器，里面盛装的其实都是陶瓷工匠的满腹苦水，这座东方陶瓷艺术之城光鲜表面的背后，其实有着深重的难言之隐。

孔子主张："为政以德。"孟子说："王如施仁政于民，省刑罚，薄税敛，深耕易耨；壮者以暇日修其孝悌忠信，入以事其父兄，出以事其长上，可使制梃以挞秦楚之坚甲利兵矣。"又说："君行仁政，斯民亲其上，死其长矣。"这些儒家先贤论述仁政的经典是历代儒生烂熟于心的信条，自然也是熟读诗书、具有君子风范、常侍候皇帝左右的唐英心中的王道。

体察百姓疾苦的唐英开始在景德镇推行买卖公平制度。他规定御窑厂采购的所有物料，包括从浮梁民众手中买下高岭土石料、从周边人家手里买下烧窑用的槎柴、从菜市场买下膳房所需的柴米油盐，都要严格按市场价格进行交易，而不能像过去那样以官方名义巧取豪夺，让那些受过欺压的百姓敢怒不敢言。

唐英还在景德镇实施工匠救济制度。他筹措资金，专门用于救贫扶弱。他让有病者有钱投医，不幸身亡者得棺材下葬。他让欠债的工匠可以预支薪水，优秀的工匠如果房子逼仄，他会奖赏更加宽敞的住所……

买卖公平与工匠救济这两项制度在景德镇逐渐推广。人们在街头显豁处看到张贴的这两张布告，奔走相告却又将信将疑。不久人们就发现御窑厂的伙头不再摆着一张仗势欺人的面孔，而是换上了一副笑容可掬的表情。买槎柴的再也不会胡乱压价，而是严格按照市场价格成交，结账时就连零头都要一一付清。同样的人来购买石料，过去俨然客大欺店，说起话来粗声粗气，动不动就以"小心你的贱命"之类粗鄙的话相威胁，现在则像是寺庙里供奉的弥勒佛，说起话来轻声细语，仿佛生怕对方生气；付账也是干脆得很，不仅都是现银，而且就连过去的欠债也一概两清。果然暴毙者得到了棺木，板材虽然一般，但足够厚实，让死者能体面返乡落葬。有人患病为上头所知，果然有医者受到延请，亲自前往探视，相关诊费无须病人挂心。

整座景德镇登时仿佛成了一个人人向往的理想国，居住其中的人们人人仁义，彼此相爱，贫者有其屋，病者有其医，或者说它是一座慈悲为怀的大寺院，所有的工匠成了被佛祖护佑的子民。而主政的唐英，在人们的口碑中变成了儒家经典中爱人的仁者圣人，或者是救苦救难的菩萨转世。有人传出唐英笃信佛祖，府邸设有佛堂，常与景德镇周边寺庙里的高僧往来谈经，他是菩萨转世的说法就更加深入人心。百姓最懂得知恩图报，然后就有了唐英寿诞那日众人不约而来，向唐英送仁寿碑的一幕。

不知接受了众工匠恭送的仁寿碑的唐英在寿诞那日喝醉了没，是否作诗以记。他是否会为自己按照儒家精神、佛陀慈悲教义以及皇帝谕旨辛苦多年治下的景德镇，有了仿若太平盛世的景象，显得得意和满足？

肆

每到春天，下过一阵又一阵的春雨，昌江河就会暴涨起来。湿漉漉的码头边，船变得多了起来，河面上顿时拥挤不堪。那在码头上上下下的，有高鼻子蓝眼睛或者黑皮肤的外国人，有说着各种方言的中国人。皇帝发到景德镇的圣旨也日渐多了起来，有时三五天，有时隔天就有旨传来。春天适宜烧瓷。春天让督陶官唐英忙碌不已。

又是一个春天。唐英在自己的府邸内摆下宴席，沸腾鱼、酱香鸭、古法烧大雁、霸王香辣肘等景德镇本地名菜一应上了桌，显示了这一顿晚宴的隆重。酒据说是唐英窖藏多年的好酒，数年前从北京带来一直舍不得喝，今天却慷慨开了坛。唐英向坐在自己右首的人频频举杯，其殷勤让熟悉唐英低调少逢迎作风的作陪者们不免诧异，好像他右首的那个人，是比他辈分大的长者，或者是比他品级高的官员。而其实他不过是唐英的助手，日日相伴的同事，他的名字叫吴尧圃。

“絮落花飞春已暮，几欲留春春不住。离筵黯黯趁春开，春风引客均州路……此行陶冶赖成功，钟鼎尊罍关国宝。玫瑰翡翠倘流传，搜物探书寻故老。君不见，善游昔日太史公，名山大川收胸中。陶熔一发天地秘，神工鬼斧惊才雄……荷香蒲绿棹归舟，倚闾白发颙颙望。”酒过多巡，颇有几分醉意的唐英展开一幅卷轴，那是自己精心写就的一首名曰《春暮送吴尧圃之均州》的诗。诗句中依人之常情表达了对吴尧圃的不舍情绪，更多的篇幅却是对吴尧圃此去的嘱咐与厚望：吴尧圃呀，此次你受老夫我委派，去千里之外的河南均（同钧，作者注）州，一定要想尽办法寻找到“玫瑰”“翡翠”这两种宋代的名釉配方，以作为景德镇御窑厂高仿的线索。景德镇能不能复制出这世上传奇般的钧窑神话，炼造出这国宝级别的精品，一切都看你的了。你千万别辜负了老夫的期望呀，老夫我会一直站在门边等你满载而归。

看着唐英乘着酒兴摇头晃脑吟诗，听着这首古风中的言辞之意，吴尧圃心中明白，唐英所托如山，自己若是找不到配方或者关于钧窑名釉的重要物证，就别觍着脸回来了。

寻找钧窑配方的人刚刚在昌江坐船离镇，几个月前领命赴哥窑搜窑寻陶的人刚好返回。唐英立即组织工匠们开始研究此行所带来的相关物件，那或许是几册已经破得不像话的绣像古籍，或许是几片倒出来哐当响、残破不堪却隐藏了重要信息的瓷片，或许是前去搜索的人匆匆记录的一张旧绢。唐英要从这样的物件中找到古代著名瓷器的线索，不惜反复试验让那些业已失传的著名瓷器在景德镇的窑火中一一复活。唐英要让中国各大名窑的灵魂附在景德镇御窑厂身上，要让那些在典籍里留下踪影的各地名瓷在他的手上完美呈现。为了达到这一目的，他广泛派遣得力手下去哥窑、汝窑、钧窑、定窑、龙泉窑、湘湖窑等全国各大名窑搜罗配方或瓷片标本，或者仔细研究古代文献的相关记述，然后反复研制试验，以图恢复；就是前朝失传的许多景德镇瓷品，唐英都要让它们还魂有术，在他手中死而复生。

造瓷，理所当然是唐英作为景德镇督陶官的重要工作。唐英掌握了景德镇瓷器制造这一天地秘术之后，就立即投入到瓷器的生产之中。他是皇帝的臣子，完成皇帝下达的生产任务是他的职责。他是景德镇的新子民，是受到景德镇教导的瓷艺师，也是注定将青史留名的督陶官员。让景德镇这一世界闻名的陶瓷艺术之城在他的治下达到旷古巅峰是他的使命，也符合他作为一名具有相当艺术造诣的文人的理想。他不遗余力地组织人力遍访名窑，同时马不停蹄地召集工匠画师不断试验，以图创造出景德镇造瓷以来从未有过的新品类。他不仅让那些已经与他同心同德的工匠画师严格依照宫中旧藏瓷器照样仿烧，同时遵照皇帝圣旨对一种叫作珐琅彩瓷的新品种进行研制，在技术、人员、原料等方面都慷慨投入。他“仿古采今，宜于大小盘、碗、盅、碟、瓶、罍、尊、彝，岁例贡御者五十七种”，其中创新的釉色品类有十七种。

青花《西厢记》人物图碗　清康熙

青花侍女图花瓣口洗　清康熙

珐琅彩瓷红地牡丹碗　清康熙

仿钧窑兽首衔环瓶　清雍正

（以上四件器物均为唐英领导景德镇御窑厂窑务时生产出的瓷器，
现藏台北“故宫博物院”）

景德镇在唐英的治理下日渐鼎盛。他让仁政之下士气大振的景德镇变成了一座火焰熊熊的瓷器工厂。那些工匠画师们皆以士为知己者死的决心，以及被唐英鼓动的创世之激情，听候唐英调遣，共同创造景德镇的巅峰之梦。他们的努力渐见成效，唐英领导所制瓷器的胎质、釉面、器形、品种、工艺手法、装饰形式、釉上和釉下彩绘，无论仿古还是创新，无不登峰造极。清蓝浦所著的《景德镇陶录》如此评价唐英的贡献："公（唐英）深谙土脉、火性，慎选诸料，所造俱精莹纯全。又仿肖古名窑诸器，无不媲美；仿各种名釉，无不巧合；萃工呈能，无不盛备；又新制洋紫、法青、抹银、彩水墨、洋乌金、珐琅画法、洋彩乌金、黑地白花、黑地描金、天蓝、窑变等釉色器皿。土则白壤而埴，体则厚薄惟腻。厂窑至此，集大成矣。"

吴尧圃不久从钧州返回。数月不见，吴尧圃已消瘦和苍老不少，想必一路上吃尽了苦头，可是他的两只眼睛有如两团熊熊燃烧的微型窑火，可见他没辱使命。唐英问及得知，吴已在河北钧州找到了烧制玫瑰、翡翠这两种钧窑绝品剩下的原料，不顾路途遥远、原料沉重运了回来。唐英用这些原料炼泥、拉坯。经过反复试验，唐英发现，用钧窑的原料烧出的瓷器，与他在皇宫里看到过的古代钧窑的作品简直是一模一样，翡翠与玫瑰两种钧窑名釉重现江湖。众工匠纷纷向唐英及吴尧圃祝贺，说是唐英他们的努力感动了上苍，让奇迹得以重现。唐英对众工匠的赞美似乎不以为意，可舒展的额头及嘴角绽放的孩子般的笑暴露了他内心的快慰。

毋庸讳言，唐英制瓷时，是景德镇最好的时期。这个有着佛陀相貌的北方汉子，这个皇帝信得过的最是尽心尽责的臣子，这个身材高大曾任武职其实肚子里有着灿烂文采的文人，将景德镇造瓷品类和工艺水平提高到了真正的巅峰。他使景德镇内海拔不高的珠山，成为中国瓷器业的珠穆朗玛峰。后人称唐英治下所产瓷器为“唐窑”。唐英自己亦以工匠身份投身其中，他所造和题款的瓷器受到当朝以及后世热捧。值得一提的是，唐英以文人身份制瓷，极其罕见地将景德镇工匠之瓷提升为文人之瓷，所造瓷器多有文人趣味、艺术精神，而不仅是程式物件、皇家用品。唐英去世几十年后，他复古创新的五十七种釉色逐渐失传，再也不能生产，在他带领下所生产的瓷器逐渐消失，只在皇宫可见。这是任何人都阻止不了的事情。

伍

早在宫中，话语不多的唐英在工作之余就爱写上两行，或押韵为诗，或散淡成文，或简练记事。到了景德镇，唐英的书写更为酣畅了。他写诗，记录陶事，偶尔还会写多幕的戏文。如果在过去，他的书写，仅仅是文化人的修心养性之举，但在景德镇的书写，要比在宫中复杂得多。熟悉唐英的人知道，作为景德镇御窑厂的主政者，唐英的文字记载，就有了更多的用意。他用笔写下的，不仅是闲情偶寄，还应该是记史的野心，是景德镇对抗时间的凭证。

他写的《陶冶图编次》，是中国重要的陶瓷文献著作。虽说那是奉旨完成的，却是他深度介入景德镇陶瓷的科学总结和智慧结晶。《陶冶图编次》将陶瓷制作过程分成二十道工序，分别为采石制泥、淘炼泥土、炼灰配釉、制造匣钵、圆器修模、圆器拉坯、琢器做坯、采取青料、拣选青料、印坯乳料、圆器青花、制画琢器、蘸釉吹釉、镟坯挖足、成坯入窑、烧坯开窑、圆琢洋彩、明炉暗炉、束草装桶、祀神酬愿，由宫廷画师孙祜、周鲲、丁观鹏等绘图，经皇帝下旨颁布，成为总结制瓷程序的权威文本，对中国陶瓷业甚至是国际陶瓷业都有着深远的影响。他写作了《火神童公传》《龙缸记》《瓷务事宜示谕稿》《陶务叙略》《陶成纪事》等文。这些文字，或对景德镇的历史人物及历史事件进行追本溯源，或对自己的制瓷实践进行精心记载，或对当时的陶瓷技术水平和发展状况进行概括和总结。他还编写了《古柏堂传奇》——写戏文是他除了制瓷、画画之外的另一个爱好。《古柏堂传奇》收录了唐英写的十七部戏剧。唐英是一个有几分疯狂的戏剧发烧友，曾自蓄昆曲家班。《古柏堂传奇》里的戏剧，就是为昆曲家班演唱所写，剧本的故事往往来自“乱弹”和民间传说，语言通俗，情节生动，为许多票友和戏迷所喜爱，是他具有灿烂才华的一个旁证。他还著有《陶人心语》《陶人心语续选》多卷本，那是他督陶景德镇多年的诗文总集。收入其中的诗文，或为唱和诗友，或为拜谒古迹，或为感时伤怀，或为思念亲人。如《陶人心语》卷三中的《文儿携家远来，客有遇诸途者，还告，喜赋兼以志慨，时六月廿四日也》：“南指舟车信已真，初闻失喜忽沾巾。全家跋涉劳因我，半世功名苦累人。儿女早筹团聚乐，梦魂先觉笑言亲。糊窗扫地安床席，离合方知最损神。”《庭前白莲盛开，适海棠亦放数枝。春花夏卉，偶尔相遭，亦因缘也。摘取伴注胆瓶，贻赠沈司马，并系以诗，时辛亥七月廿四日》：“海棠菡萏漫相猜，春夏何妨偶并开。浓抹淡妆凭月旦，柔丝孤干异根荄。霞侵素质清无恙，香压繁英势欲摧。玉立红飞须着眼，莫将同调问追陪。”从这些或为亲人不远千里到来而哭哭笑笑，或为海棠、白莲花开喜不自禁的文字中，从这些唯美而深情的诗句中，不难想象唐英有着怎样一颗儒雅、浪漫、美好的心！

在时间面前，文字是比精美的陶瓷更加耐久的东西。瓷坚硬却易碎，毋庸说战争、地震这些大灾大难，就是一只猫的侵扰，一只老鼠的蹿动，一个孩子的失手，一个细微的磕碰，都会让哪怕最珍贵的瓷成为碎片，覆水难收。随着时间的推移，古瓷会逐渐地减少，甚至消失。这就是景德镇从东晋“师主”赵慨改进越瓷制作工艺开始，至清中期一千多年间，不要说晋代、唐朝瓷器，就是宋朝、元朝瓷器也难得一见的原因。而且，御窑生产的瓷，即使精美绝伦为倾城瑰宝，即使珍稀如天赐之物，可是只为皇家专用，寻常百姓无缘相见。他这个督陶官，就是造出再多的瓷器，也无法引起普世的认同，当然也就无法产生足以抵抗时间的力量。

想靠瓷来抵御时间的围剿其实远远不够。作为文人，唐英肯定知道，真正能抵御时间的武器，除了河流、群山、大地，只有文字，可以刻在碑上、收录至各种书籍中四处传播、刊刻成书藏于各类经馆藏书阁或私人书箱里的，战火烧不毁、地震震不垮、瘟疫夺不走的文字。这或许就是他在景德镇造瓷之余用心经营文字的重要原因。

“大上有立德，其次有立功，其次有立言，虽久不废，此之谓不朽。”(《左传·襄公二十四年》)感谢唐英留下的那些文字，它们不仅为后人保存了一份无比珍贵的陶瓷文化资料，也为保留景德镇文化记忆、提升景德镇文化品格建立了不可磨灭的功勋。它们还记录了一个颇具风骨的清代文人的样本。阅读这些文字，我们可以感应到那颗具有丰富情感与完美修为的心的跳动。这个一脸佛相的大鼻子北方汉子，是一个有德行的人。他忠于职守。他体恤民众。他曾是个武将，却举止斯文。他来自宫廷，却和蔼可亲。他多才多艺，精通艺术。他不苟言笑，其实儒雅、风趣、多情。他是一个行与思、才与德都接近完美的古代君子。他是一个用生命践行着“修齐治平”的读书人。他兼具了武士之坚韧与文人之阴柔，就像瓷器，同时收藏了高山和流水、清风与明月、火焰与寒冰。瓷乃御制，当为国器，传之四海，价比黄金。瓷亦家藏，可比私德，青花无香，为君子赏。被皇上封为督陶官的唐英，具有君子之风的唐英，有着瓷一样的心性，实在是景德镇瓷器精神相当完美的阐释者。

陆

乾隆二十一年（1756），唐英的喉疾更加重了。在九江关署府邸的床榻上，从五月到七月，唐英因喉疾（痰火病）发作，在床上已经躺了整整两个月。听着他一阵紧似一阵的撕心裂肺的咳嗽声，九江全城的大夫都神情凝重，却束手无策。唐英隐约感觉到了死神的由远而近。他知道，自己的大限已然不远。

死神来得如此迅疾，让人手忙脚乱。因为从小习武，后来又以武职入宫当差，体魄之康健一直是唐英引以为傲的事情。虽然后来因到景德镇督陶，感染了陶瓷这一行当的职业病——痰火病，其程度比起许多把桩师傅仍要轻微得多，偶尔的发作并没有给他造成大碍，他没有觉得这是多么大不了的事情。就在乾隆二十年的年末，他对自己的体魄依然有着强大的自信，以七十四岁的高龄遵旨从九江关监督任上起身，经四十五天抵达北京，在圆明园得以叩见天颜，得乾隆爷赏俸宸苑卿衔；又于翌年二月初一离京，经四十二天的跋涉回到了九江。这一往来就是三个多月。虽然廉颇老矣，但唐英并没有感到特别地吃力。他觉得自己应该可以继续为这个庞大王朝服役几年，一方面在九江榷关任上，继续征收庞大王朝急需的税收银两；一方面督陶景德镇，让这个东方陶瓷艺术之城烧造出更多精美的让世界惊喜的瓷器。可是此次的痰火病来势汹汹，他的胸腔宛如熊熊燃烧的窑。他的身体在两个月内就完全瘦脱了形。他的咳嗽一阵紧似一阵。他几乎要把五脏六腑都咳出来了。他早年练就的那一把子力气就像水波一样散去。他的眼前经常模糊一片。这个为庞大王朝守关的人，这一次生死大隘怕是过不去了。

像每一个濒临死亡的人一样，他或许会对自己的往昔做一番潦草的回望。他当然会想起宫中玄机重重的日月光影。他从十六岁遵照祖制，以正白旗包衣旗鼓人的身份进入皇宫内务府养心殿供职，一直干到四十七岁。三十年来，他跟随康熙帝三下江南，负责侍卫警戒任务，为皇帝的安危保驾护航。在四十余岁时，他被雍正皇帝任为五品的内务府员外郎，服务于内务府专管皇宫用品生产的造办处。在皇帝身边当差，无论是担当皇帝出行时的贴身侍卫，还是为皇宫之使用督陶造办，他都小心谨慎，同时兢兢业业，几十年来总算没有出过任何差错。闲来无事，他喜欢读读经书，作作诗文，编写戏文，与文朋诗友、书家画师往来，偶尔唱上几段昆曲，以调剂人生，增添意趣。他曾经以为自己的一辈子大抵如此，被皇宫的阴影淹没自我，享受浩荡皇恩却终籍籍无名、一事无成。可在他四十七岁那年，命运出现了一个转机：皇帝给了他一座火焰熊熊的景德镇。

雍正六年（1728）金秋十月，唐英奉旨以内务府员外郎兼驻景德镇御窑厂协理官身份抵景德镇厂署，开始经营烧造事宜。乾隆元年（1736）正月，唐英奉旨出任江苏淮安关榷使，受命驻节淮安，同时遥领景德镇窑务。乾隆四年（1739），唐英改迁距景德镇仅三百里的九江关监督，兼任景德镇督陶官。乾隆十五年（1750），唐英奉命调离九江赴广东，任粤海关监督。唐英于乾隆十七年（1752）又调回九江，继续监管窑务，直到今天。除去出任江苏淮安关榷使及粤海关监督期间因路途遥远无法亲领窑务外，唐英真正监管景德镇的时间前后达二十余年。他曾经与工匠同食同住，情同手足。即使在三百里外的九江关任上，每年的三、四月，他都要亲赴景德镇监督瓷器生产。他会到画室在瓷坯上画上几笔，手把手教无名的画师如何把仕女的衣纹画得富有神采。他会站在投柴口前与把桩师傅亲切交谈，察看窑内火候。他造窑神像，修神祠，铸造景德镇精神。他施仁政，买卖公平，救济有方，开创理想国式的生活。他督造瓷器，复活名釉，二十多年来造了近百万件的精美瓷器并交付宫中。他用文字记录景德镇历史，建立景德镇瓷业档案，抒写书生情怀，挽留时光与流水。他一点点地改变着景德镇，让这样一个呆板的皇家瓷器生产工厂，变成了一个有着强大文化精神的艺术王国，一个拥有自己的文化标识、具有独特魅力和深远影响的东方陶瓷艺术之城。而他自己，也逐渐修成了他理想的样子：从一个在宫墙的阴影中小心迈着步子的五品小官员，一个近乎御用工具的宫廷差人，在景德镇浓郁的艺术氛围中，在对艺术追求的自由之路上，脱胎换骨，变成了一个眉宇风流的浪漫诗人，一个具有相当高的艺术造诣、不让名匠的陶瓷画师，一个慈悲为怀、熟读佛教经典的慈眉善目的居士，一个人人拥戴、和善却又不失威严的长老，一个微型王国里的王者。仿佛是一团混沌的泥土，经过了淘洗、炼泥、拉坯、描画和煅烧，变成了一尊发出镇静釉光的青花瓷器，一件具有独特审美价值、适合被时间收藏的艺术品。

他收获了荣光，同时也付出了健康的代价。名叫痰火病的喉疾偷袭了他。那是景德镇陶瓷业的职业病，他也未能幸免。这一尊完美的青花瓷器，终于有了瑕疵，死神也终于找到向他下手的机会。他感到瑕疵变成了裂缝，那裂缝在他的体内游走。他的喉咙里发出的让他不堪忍受的咳嗽声，就是自己体内裂缝游走的回声。他知道，自己离死不远了。

老实说，他并不怕死。作为一个熟读佛家经典的居士，他也许不知道肉身消亡后其灵魂是否可以抵达天国，但他知道，他亲手制造的瓷器还会在。经他苦心孤诣创造的以“唐窑”命名的景德镇鼎盛时代，会永远镌刻在景德镇的历史上。他的诗文会与景德镇一起流传。他缔造的光荣，会化作景德镇文化传统中永不泯灭的精神，辗转于天地之间。他已经无所畏惧。想到这里，他觉得一切都可以放下了。

又是一阵撕心裂肺的咳嗽……他感到自己眼睛里的光在渐渐熄灭。七月的九江阳光毒辣，长江里的水宛如滚烫的铁汁，可他的背脊一阵阵发冷。就像一尊阴影中的瓷器，他多么希望能有一炉熊熊燃烧的景德镇窑火，把他烤热。他多么希望能再次回到景德镇——那属于他的艺术王国看上一眼，让那夜晚烟囱喷火的壮观景象温暖他死前的寂寥与寒冷。他多么希望能怀抱着一朵青花上路，让那瓷壁上开放的、浴火而生的、永不凋谢的花朵，成为他的灵魂在黄泉路上的指引。这个看过无数戏班子，写过很多戏的老戏迷，此刻眼看着自己人生的大幕正徐徐拉上……他睡过去了。他的身体，正在发出青花一样的蓝色。而他的大鼻子上依稀还有几粒汗珠，仿佛是坯胎在窑火冶炼成瓷前被挤出的最后的水分。

乾隆二十一年七月二十九日，大清国的忠诚奴仆唐英，自诩为榷陶使者的、景德镇这座陶瓷艺术王国的至尊王者唐英，在九江关署病故。

他的死，意味着景德镇一个最为辉煌的时代的落幕。

皇帝的花朵

壹

景德年间（1004—1007），宋真宗赵恒，即宋太宗赵光义的第三子、北宋的第三个皇帝，随手把他正在使用的景德年号，赐给了离京师千里之外的江南东路饶州管辖下的昌南镇。

赐名事件发生的缘起、具体时间与地点，现在已不可考。也许是在君臣议事的文成殿，皇帝当着百官的面，对着奉旨前来觐见的江南东路安抚使随口颁布了这一口谕，以嘉奖多年来昌南镇对朝廷的贡奉——整个大宋宫廷，从御膳房、垂拱殿到文成殿，到处都可以看到那个南方小镇生产呈送的贡品。也有可能，这一赐予不过是写在饶州知州呈上的一道奏章上的一句简短批示，是深夜依然伏案工作的皇帝耳听蜡烛芯噼啪作响灵机一动之下的、比绝句更短的诗意书写。这么简单的一句话，被中书舍人拟成圣旨，由快马越过千里传至饶州，就进入了国家话语体系，变成了皇帝管理国家的一道命令，成了让地方官员诚惶诚恐的一声棒喝，成了开启这个叫昌南的南方小镇新纪元的一个标识。

然而这件事可能是赵恒在景德年间做出的最小的一个决定。一经过咸平之治，进入景德年间，原本颇有盛世气象的大宋一下子变得危机重重。一是天灾不断。从景德元年正月开始，整个大宋地震不止：一月，京师连续三次地震；二月，冀（今河北冀县）、益（今四川成都）、黎（今四川汉源）、雅（今四川雅安）诸州发生地震；四月，邢州（今河北邢台）、瀛州（今河北河间）亦地震；十一月，石州（今山西离石）地震。二是强兵压阵。景德元年秋高马肥之时，二十万契丹铁骑跨越数十州县，兵临黄河北岸的澶州（今河南濮阳）城下，大有随时要将大宋推倒的架势。种种天灾、样样人祸，让赵

宋真宗赵恒画像

恒在景德年间比咸平年间要忙碌得多。遭遇地震，他要组织救灾，召集大臣们议事，频频颁布诏书以安抚财产受损、心惊胆战的百姓，该减免田赋的要减免田赋，该免去军粮运送劳役的也要办理免役，倒伏的城墙要拨付钱粮组织兵卒修复。强兵压阵，他要紧急筹备战争物资，要御驾亲征，披战袍，驾战车，经卫南，过黄河，颠簸三百里，登上澶州城门，把黄龙旗插在城头，鼓舞前方士气。要与前线将帅一起制订作战计划——从京城到澶渊，那三百里路的颠簸肯定让他的骨头难受。战场上的床，哪里会有京师宫殿里的床榻舒适！军营里的饭菜绝对没他的御厨们做得可口。可作为皇帝，在大敌当前的形势下，他唯有忍耐和操劳，才能让他的子民免受战乱之苦，让他父辈打下的、貌似强大实则脆弱的大宋江山永得太平。

皇帝御驾亲征鼓舞了北宋将士。辽军受挫转而议和。是战是和，主意要他拿。他选择了和，以给契丹银十万两、绢二十万匹的代价，与契丹达成和议，结为兄弟之国，完成“澶渊之盟”，指望着能为整个大宋赢得绝好的休养生息的机会。澶渊之盟后，许多臣子并不理解，他要考虑如何安抚更多误把澶渊之盟当作城下之盟的人的心。假托天书降临，然后进行古代盛世才有的泰山封禅是大中祥符年间的事，可是整个计划的酝酿，是在景德年间完成的。

不只景德年间，就是赵恒执政的二十五年内，他要忙碌的事情还有很多很多。比如：他要寻思，如何找到最好的吏治之法，让整个大宋政治清明、人人思进；如何发展经济，壮大农业，促进整个国家人口与税收的增长；引入的暹罗良种水稻在大宋土地上能否大幅增产。他要过问，那条用来阻止敌方骑兵的运河挖得如何。那些臣子们从四面八方送来的奏折需要他批阅。那些美丽的妃子，他要时时临幸。那些有功的臣子，他也要经常以各种方式进行封赏。他还有写诗的爱好，偶有闲暇，他还想写上几行。

平心而论，在中国历史上的皇帝中，宋真宗赵恒应该算是一个不错的皇帝。后人说他胆子小，澶渊之盟就是他畏惧辽的结果。也有人说他爱故弄玄虚，假托天降祥符一事就是明证。可是他勤政，并且爱民。他不糊涂，不昏庸，懂得选拔贤能、容纳异己。即位之后，他颁布了一系列有效的利于国计民生的举措，北宋因此经济繁荣，边疆稳定，朝廷上下政治清明，国家管理完善，人口和田地较唐代剧增，文化也还繁盛。整个中原，有了难得的安宁。他得到了不少人的赞许，百姓称他是仁义天子，史学家称他为有为的守成之君。

赵恒管理着国家的方方面面。他做下的哪一件事，不比将“景德”年号赐给那位于江南东路饶州的昌南镇这件事大？就是他昨夜做的一个稍显离奇的梦，都比这件事更值得向内臣或百官讲一讲。就是他任何一次对有功大臣的封赏，都要比这件事的成本高（赐名之事，除了一道圣旨，无须任何花销）。就是高丽赠送的良马、日本国赠送的酒，也会比这件事让他更兴趣盎然一些。

然而时间有着自己的逻辑。至今，皇帝所做的梦早已影像全无。他赏赐给臣子的珠宝绫罗，要么糜烂在时间的深处，要么失落在深远的民间，成为来路不明的物品。他挖的那条用于阻止敌方骑兵的运河也已面目全非。他全力经营的太平盛世，早已经过无数次的改头换面。他庞大的王宫，就像元代散曲家张养浩在《山坡羊·潼关怀古》中写的那样，“伤心秦汉经行处，宫阙万间都做了土”。与他作对的强大部族契丹早已消失，杳无踪影。他的姓氏“赵”早已成为平民的姓氏。他的后裔散落在人群之中，难以辨认。他曾经办的那些大事，都已经蜷缩在史书发黄的页面里，被少量的研究者翻阅。

他写的诗句“富家不用买良田，书中自有千钟粟。安居不用架高楼，书中自有黄金屋”至今依然被人诵读，只是人们并不认为那是享有生杀予夺大权的皇帝所写，觉得更像是一个名叫赵恒的和颜悦色的邻家老伯的劝勉之辞。

整个中国历史上有四百多位皇帝，赵恒不算是很有名气的皇帝。他没有商纣那么残暴，也没有唐太宗那样纵横四海的雄才大略。他没有秦始皇、汉武帝、宋太祖等开国皇帝的传奇英勇，也没有汉献帝、宋徽宗、宋钦宗被人挟持的窝囊，更没有落到晋安帝司马德宗被属下勒死、崇祯皇帝国破家亡上吊自杀那样的悲惨下场。他不像唐玄宗李隆基那样通晓音乐，因与杨贵妃的生死爱情为后人熟知，也不像明代万历皇帝那样十五年不上朝。如果让这四百多位皇帝站在一起，宋真宗赵恒，也许就是人群中不显山不露水、眼神有些狡黠、脾气可能有几分温和的那个人。

然而赵恒还是留下了他醒目的标记。他当年不经意间下达的那道封赏南方小镇——昌南镇的圣旨，自离开北宋宫廷，经陆路水路向南方驶去，其实也就开始了它对时间的突围之旅。从景德年间至今一千多年来，江山经过多少度换手，京城的地址也一变再变，宫阙成土，荒野造城，河流改道，山川易形，可那道圣旨依然有效。那座以制瓷为业的南方小镇，一千多年来一直以宋真宗的景德年号为名——虽然景德这一年号在宋代只存在了区区四个年头，可这座因此得名的小镇却让这一年号在这人间大地上以另一种方式继续活了一千多年，直至今日。因为这一赐予，那带着宋真宗印记的年号，在整个中国历史上皇帝使用的数千个年号中独树一帜，脱颖而出。没有人能将它漠视。

那因宋真宗的赐予得名的景德镇，从此开始了新的纪元。这个中国南方民间的瓷器生产基地，因为赵恒的封赏，进入了皇家的话语体系，仿佛一个并无显赫身世的平头百姓，因为皇帝的册封，成为了地位高贵的皇亲国戚。获得重生的它从此开始了苦心孤诣的艺术探索，在岁月长河中逐渐建立起了自己独一无二的美学体系。景德镇那经过高温炼就的盛开在瓷壁上的青花，成为摇曳在全世界视野中、让人心旌摇荡、永开不败的东方文明之花。

一道圣旨，一匹快马，一个受命在瓷器底部刻写的“景德”款识，宋真宗赵恒因此成为景德镇这一陶瓷艺术王国的始皇帝。这是赵恒干得相当漂亮的一件事。它比澶渊之盟的成本低廉，却远比澶渊之盟的有效期长久。他为景德镇命名，从此神闲气定地端坐在景德镇历史的源头，享受着这个制瓷的艺术王国至尊王者的地位。在这个王国里，他根本无须担心有外敌兵临城下用武力对他敲诈勒索，也无须害怕一场连一场的地震让他的江山惊恐不已。在这个王国里，江山如画，青花无敌，似乎全世界都愉快地向他俯首称臣。

贰

至元十五年（1278），距灭掉南宋统一中国还有一年时间，才创建七年的崭新王朝——元朝，其最高主宰忽必烈就迫不及待地下令在景德镇设置全国唯一的瓷局——浮梁瓷局，设置大使、副使各一员，全面掌管景德镇的瓷器烧造，为他的国家生产皇家用瓷、朝廷祭器和商品瓷。这也是景德镇成为皇家瓷业基地的开始。

忽必烈的王国太庞大了。到1279年，元朝的面积达到一千三百多万平方公里，北到西伯利亚，越过贝加尔湖，南到南海，西南包括今西藏、云南，西北至今新疆东部，东北至外兴安岭、鄂霍次克海、日本海，包括库页岛。这是当时版图面积最大的陆地之国，已

元世祖忽必烈画像

经接近发展扩充的极限。治理好这样一个空间庞大、人口和民族众多、文化差异巨大、跨越洲际的大国，对于只有一百多万人口、文化程度低的蒙古人，对于马上武力征服经验远远大于治理经验的忽必烈来说，的确不是一件易事。

可作为成吉思汗的孙子，忽必烈拥有一颗与祖父一模一样的不可一世的心。他以成吉思汗家族特有的勃勃雄心和草原民族特有的强悍与刻苦，精心管理着这个硕大无朋的国家。他定都燕京（北京），改名大都，因为这里辐射宽广。此处炎热的气候让这个习惯漠北草原凉爽的皇帝难以忍受，每年在暮春至初秋之间，他都要去上都避暑，数月方返。他破除历代中国皇帝在人才使用上的种族偏见，大量聘任汉人为政府的要员，还任用波斯人、回纥人、东欧人等（一个叫马可·波罗的意大利人在政府任职，甚至常被忽必烈派往各地执行任务），同时精心调和诸族之间的平衡，不让他的蒙古族人因人数过少而吃亏。他的政府，官员们面目迥异却配合有序，呈现出惊人的国际化色彩——这构成了十三世纪中国政治的奇异景观。

为了将以前各朝代留下来的碎片黏合成一个整体的新秩序，忽必烈企图找到一种能与他的庞大王朝相匹配的、全国通行的精神信仰力量。为此，他容许多种宗教的存在。当然，他对汉文化也给予了相当的尊重。他选择国名为“元”就证明了这一点。取国名为“元”的灵感源自古代经典《易经》，其含义是“乾元”——天地万物的起源或者“原始力”。他建造太庙，并且制作祭奠祖先所需的祖宗牌位，在朝廷中实行传统的儒家礼仪以及伴随礼仪的乐舞。他热衷技术上的革新和猛进：中国的造船技术在元代达到了高峰；中国至今保留的很多桥梁系元代所造，尤以长江以南为甚；影响亿万中国人温饱的农作物棉花与高粱，为忽必烈所引进和推广。他还设立“司农司”“劝农司”等专管农业的机构，以劝农成绩作为考核官吏的主要标准，并钦定编修《农桑辑要》颁行全国。他还多次发兵日本、安南、占城、爪哇等国，以逼迫它们的君主效忠于他，虽然数次都以失败告终。他还设立市舶司招徕海商从事海上贸易，发行纸钞以改革财政，建立十个行省以革新管理体制，颁行“至元新格”律法以构建严密的法律体系……

“号称大汗或众王之王的忽必烈是一个中等身材，不高不矮，四肢匀称，整体协调的人。他面貌清秀，有时红光满面，色如玫瑰，这更使他的仪容增色不少，他的眼睛黑亮俊秀，鼻子端正高挺。”在曾经于忽必烈朝廷任职的意大利人马可·波罗的笔下，忽必烈简直就是一位相貌堂堂的美男子。马可·波罗对忽必烈历史功勋的评价更是极尽溢美之词，称他是“诸君主之大君主或皇帝”“世界上从未有过的拥有广土、众民以及巨大财富的强大君主”。对忽必烈的赞美，历史上何止一人，《明太祖实录》记载，洪武二十二年（1389）十二月，明太祖朱元璋给北元兀纳失里大王的信中，对忽必烈进行了如此评价：“太祖（成吉思汗）之孙以仁德著称，为世祖皇帝，混一天下，九夷八蛮、海外番国归于一统。百年之间，其恩德孰不思慕，号令孰不畏惧，是时四方无虞，民康物阜。”加拿大史学家斯塔夫里·阿塔斯对忽必烈创立的元朝也是夸赞有加：“由于蒙古帝国的兴起，陆上贸易发生了一场大变革。历史上第一次，……出现了横跨欧亚大陆的政权，即从波罗的海到太平洋，从西伯利亚到波斯湾。”

除了努力探寻能在全国通行的精神上的信仰力量，寻找他庞大王国的强力黏合剂，忽必烈还希望大量的皇家用器与朝廷祭器，甚至流通商品的制造，能充分体现他的大国气质与精神。蒙古族崇尚的白（北方的雪、天上的云和草原上的蒙古包的色泽）需要反映，大国的巨无霸需要体现，跨越洲际造成的多种文化的碰撞与交流也要有所表达，这可能是忽必烈在景德镇设置浮梁瓷局的原因。相比当时名声显赫的浙江龙泉窑的青瓷，景德镇烧制出来的吉祥高洁的青白瓷既与蒙古人尚白的精神契合，又不至于过于单调，也乐于被不同民族和信仰的人所接受。

忽必烈下令设置的浮梁瓷局给景德镇带来的变化显而易见，那是远比宋真宗的那道更名圣旨来得真切的赐予。景德镇的瓷匠不无惊愕地发现，景德镇操着各种口音的外乡人多了起来，尤其是前所未见的隆鼻凹眼的异国人也有了不少，原本狭窄的景德镇街道顿时变得拥挤不堪。烧造各式器型的窑一建再建，景德镇到处是火焰熊熊的景象。过去大多由当地瓷匠设计产品造型和装饰图样，现在主要由朝廷供养御用艺人的作院提供，其风格大都高大雄浑，具有装饰丰富、器形宏伟之特点，为景德镇的造瓷传统所未见，却正与元代的庞大与威武相对应。适用于骑在马上饮酒的酒盏的产量大了起来。过去闻所未闻的，来自全国甚至外国的顶尖造瓷原料，成了景德镇的常见之物。许多新型技法在景德镇得到广泛应用，比如釉下彩绘技术，据说是磁州窑秘不示人的配方，现在频繁出现在景德镇的产品中。南宋后期出现的景德镇瓷土匮乏问题得到解决，因为有一种蕴藏丰富、品质优良的瓷土，恰逢其时地在本地一个叫高岭村的村庄发现并得到了开采。各种瓷艺探索都得到鼓励，景德镇的瓷匠们不断听到发现了新配方、新工艺的新闻。景德镇窑中的焰火，不断催生窑变，创造出与元朝的气质相得益彰的奇迹。

大约在十三世纪末十四世纪初，景德镇运用波斯进口的称作苏麻离青的钴料，借鉴磁州窑的釉下彩绘技术，大规模地开发出了一种全新的瓷艺：青花瓷。那是远比青白瓷更适合表达蒙古族气质的瓷器：青花瓷滚圆雄浑的外形，既是疆域辽阔的元朝威震四方、天下一统的隐喻，也是滋生万物的母体象征；青花瓷白底蓝彩的艺术特征，多么像蓝色高远天空下一个个安营扎寨的白色蒙古包，或者是蓝天下白雪皑皑又沉默磅礴的漠北大地。白底青花彩饰，也是与元朝的伊斯兰教、喇嘛教等多种宗教内在精神共通的美学范式。那洁白瓷壁上繁复或简洁的青花，是人们共同崇拜的蓝天白云、远山近水、雪域海洋的抽象概括，也是人们共同追求的纯洁、安宁、辽阔、永恒的价值的完美体现。青花更是无须沟通就让人了然于心的世界通行的语言。那洁白的瓷壁上盛开的青花，是时间摇曳、春风撩人、晴空万里、河流蜿蜒。那是绝美的幻象，是永远猜不透的东方密码，是教堂里的颂歌（每一件青花瓷器就像是一座微型的教堂），是适合所有人珍藏、具有丰富信息量的象形文字。青花一旦绽放，就游走八荒、纵横四海，被全世界的人们所追捧。

毋庸讳言，是忽必烈设立浮梁瓷局的举动，让唐代就开始隐约出现的青花（蓝彩）成为世界瞩目的瓷上花朵。可当青花绽放之日，忽必烈已经死去多年。这个马可·波罗眼中的“诸君主之大君主”，晚年遭遇了一连串的打击：至元十八年（1281），他最钟爱的妻子察必去世。五年之后，他最喜爱的儿子真金，也是他亲自选定的皇位继承人，英年早逝。至元三十年（1293），他派兵渡海攻打爪哇遭到彻底的失败，死伤惨重。诸多的打击让这个不可一世、雄心勃勃的君主，成为一个自暴自弃的任性的人。他酗酒，并且毫无节制地暴饮暴食。他的体重迅速增加，越来越肥胖，远不是马可·波罗笔下那个四肢匀称、整体协调、面貌清秀的人了。他的健康每况愈下，痛风症让他饱受折磨。至元三十一年（1294），他终于忍受不住精神与肉体的双重折磨撒手而去，享年七十九岁。

叁

朱瞻基于洪熙元年（1425）即位时，1368年宣告诞生的明代才运行了五十七年，离崇祯十七年（1644）朱由检在景山自缢而死还有两百多年。按理说，大明朝正是如日中天之际，可朱瞻基已经觉察到这个王朝的败象：他的祖父朱棣——从侄儿朱允炆手里把江山抢夺下来的那个人，在御宇二十多年的时间里，已经把大明王朝折腾得不成个样子。朱棣违背了父亲朱元璋的遗命进兵安南（今越南），最初推进十分顺利，可因后来安南人采取游击战术，造成明朝远征军进退失所，加上交通通讯困难、补给不继，至朱棣1424年驾崩时问题依然没有解决。朱棣五次率大兵征讨蒙古，每次参战士兵大概有二十五万人，直到最后一次远征南返途中，他的身体因劳累、过度透支，病死在一个叫榆木川（今内蒙古乌珠穆沁）的地方。他重建北京的宫廷与城垣，耗时达十二年，使用的匠人达十万人，劳工近百万，并于1421年将京城从南京搬到北京。他命宦官郑和屡下西洋，每次费时二十个月，军民数万之多。他的功勋卓著，可代价是巨大的。经过这么多的折腾，到朱瞻基接手，整个国家已经不堪重负，百姓的赋税之重到了怨声载道的地步。

朱瞻基并不是一个无能的皇帝。他勇于担负作为皇帝的责任，全力以赴地为这个表面完好其实身负内伤的帝国实施疗救。他果断地派人与越南人谈判，让中国文官和参与部队撤回边境内，从此结束了与越南的旷日持久的对决，并随即将谈判后回国的司令官逮捕并判死刑，以平息愤愤不平于明朝信用和威望受损的官员的情绪。当全部撤兵付诸实施，国内舆论因他的强硬已经逐渐平息，他又立即赦免已判死刑的司令官。长江三角洲地区因国家负担过重、需缴

明宣宗朱瞻基画像

纳税收过高，农民集体抗税已经多年，如公元1430年，仅苏州府一府即欠税达八百万石，是该地三年应缴的额数。为解决长江三角洲的欠税问题，他派勤于政事、善于理财的江西吉水人周忱为当地巡抚，通过深入乡村巡视、了解收税纳税的程序、适当进行减税等方式，逐步修补朝廷与这一地区的关系，使这一地区的税收得以正常上缴，国库的紧张程度因之得到缓解。他并没有停止郑和的西洋航行，但减少了开展的次数，御宇十年内只批准了一次，使得他的祖父最为得意的政绩工程不至于在自己手上中断，却又没有到不计成本的程度。考虑到朝廷的支付能力，他无限期地延缓了无数的建筑工程，极大地减少了面子工程上的支出。他还接受了户部尚书的建议，实行了灵活的货币政策，新辟出一些商业税，税收全用纸币，以缓和整个国家高居不下的通货膨胀。

朱瞻基采取这些更正的步骤，让大明逐渐回到了正常的轨道上。边疆慢慢变得安定，国力有所增强，百姓的内心变得越来越平和。用政通人和来形容朱瞻基御宇时期的朝野，似乎并不算夸大其词。

祖业侍弄得不错，快要脱缰的野马被他牢牢控制在手中，朱瞻基却并不感到轻松，原因是他的太祖父朱元璋一手缔造的大明江山，并非一项继承起来十分舒坦的家业。为防止国家如前朝一般受制于少数民族，朱元璋采取了高度的中央集权政策，对这个以农民为主体的国家进行行政上的严格管制，使朱家江山与其说是一个国家，不如说是一个庞大的农村集团。这个体制的好处是管理起来可以整齐划一，但缺陷也是致命的。它因排斥商业、经济的多元化，缺少保障经济多元所需的立法和司法组织等，而显得无比呆板和僵化，包括朱瞻基在内的几乎所有的继任者都只能消极地应对因体制僵化而纷至沓来的种种内外问题。朱元璋为建立中央高度集权的管理模

莲浦松阴图卷（局部）（明）朱瞻基　故宫博物院藏

式实行了严厉、恐怖的政治手腕，先后主持过四次政治整肃，有不下十万人在各种检举中丧生。那些冤死者的亡灵一直徘徊在明朝的上空，让整个明朝因充满了死亡的戾气而变得阴郁无比，这使得几乎每一个明代皇帝都有一副阴郁的表情。要维护这一体制的正常运行需要相当高的道德成本，可道德的反作用力又往往使得整个王朝陷入道德的泥淖不能自拔。在这样的一种体制内，一个想有所作为的皇帝难免有被掣肘的不适感，他的内心被迫走向荒诞和虚无，这几乎是铁板钉钉的事情。

朱瞻基根本没有因大刀阔斧地修正明朝前行的轨道而有一丝的得意。他心里清楚，他所有的努力不过是撤退和紧缩，这些举措不过是消极地延缓这个国家的堕落衰退。他既没有扩大国家的威权，也没有使明朝声望在过去太祖父与祖父的基础上增加一分。他清楚，在这样的体制下，他的权力显得多么大而无当。完成这些延缓衰退的工作之后，他发现即使他一言不发、一事不理，这个国家也会照常运转，如果他要施行新的改革，他同样会一事无成。

朱瞻基在政务之余，热衷于在纸上建立一个新的世界。他是一个皇帝，同时也是一名十分专业的画家。他接受过严格正统的艺术训练，其绘画的才华与他治国的才能并行不悖，比起那个创造了瘦金体的皇帝赵佶甚至还要略胜一筹。这个画像里一脸络腮胡子，显得强壮无比、精力无限的年轻皇帝，例行公事之后经常把自己关在宫殿里，成天挥舞着画笔以发泄旺盛的精力，只允许少量几个宦官靠近他。

他画山水，画袒胸露乳躺卧在松树下的高士，画枯败的荷叶莲蓬，画苍郁的松针，画偷食荔枝的老鼠，画攀援的猿猴、探头探脑的鸟雀，画在竹林里隐藏身子或花枝下嬉戏的猫咪、悠闲散步的犬甚至憨态可掬的猪……作为一个掌控着明朝大好江山的皇帝，他似乎并不热衷于画那些气势磅礴的江山胜迹，以彰显普天之下莫非王土的皇家气概，倒是对那些梅兰竹荷、野外生灵更加倾情一些。他笔下的竹影摇曳，梅花自香，鸟雀有情，鸡犬无拘，与其说它们出自一名高高在上的皇帝之手，不如说出自一名处江湖之远、吟风弄月的隐士之笔更让人可信。因为创作，他是否会短暂忘却现实中处处被掣肘，甚至被皇位囚禁的烦忧，体会到灵魂在旷野之中与自然生命相处的自由和酣畅？

除了画画，朱瞻基还有一个让后来的史学家津津乐道的爱好，就是斗蟋蟀。他下令让全国的人都去野外为他找那种外号叫蛐蛐的小东西。由于他的倡导，整个国家似乎都成了蟋蟀的斗场。为了选出可供皇帝赏玩的蟋蟀，地方官员几乎是费尽了心机，那些习惯钻营的官员尤甚。蟋蟀的价格一炒再炒，一只上好的蟋蟀，到了贵比骏马的程度。他在宫中经常举办规模不小的比赛，把地方选送上来的蟋蟀聚拢起来斗一回，然后按赛场的胜负、蟋蟀的优劣对选送的地方官员论功封赏，许多能力平平但贡献了蟋蟀猛士的官员得到了提拔。他在蟋蟀的凶猛残杀中得到了在繁忙的朝政中难以体会到的

万年松图（明）朱瞻基　辽宁省博物院藏

满足——相比那个容易让他产生惶惑和无力感的现实世界，这个仅凭决斗就定出高下的蟋蟀斗场，是不是来得更加简单和快意？听着这与四边坚硬的宫闱格格不入的蟋蟀的鸣唱，他因国事烦忧导致的失眠症也有了改观的迹象。那么美妙的自由之声，是他早年随祖父朱棣北征的夜里常听到的天籁，是这铁板一块的宫廷难得听到的来自旷野的肆意交响，有着与他纸上的花木禽兽世界如出一辙的意趣与精神，于他的睡眠自然有良好疗效。而在蟋蟀鸣唱的安慰下徐徐入眠的朱瞻基，是一个何等孤独的人哪！

朱瞻基不断地把圣旨发向江西的景德镇。他要这个青花摇曳的陶瓷之城不断生产供他的虫儿幸福栖居的青花瓷罐。这个深谙艺术之道、具有高度美学修养的皇帝，会煞有介事地亲自审阅瓷罐的造

型与纹饰，仿佛如此才不会亏待了他的那些南征北战、功勋卓著的蟋蟀勇士。他要让他的杀性四起的蟋蟀们栖身在一朵朵青花之下，似乎那一朵朵由郑和下西洋带回国的西亚苏麻离青颜料绘就的青花，是一个个具有混血特征的美人，正好与他英勇善战的蟋蟀英雄们匹配。或者说，那一朵朵安静的、阴凉的青花，正好可以给那些本性刚烈火暴的虫子，带来战斗之余难得的安宁。那也是朱瞻基这个满脸胡须、外表威严、内心多少有几分焦躁的男子，甚至是他驾驭的整个大明王朝，渴望得到的安宁。

蟋蟀每到秋后就会死去。喜欢蟋蟀的朱瞻基也有着与蟋蟀一样的命运。他只当了十年的皇帝，在这个世上只活了三十八个年头。

三阳开泰图（明）朱瞻基　台北“故宫博物院”藏

肆

在东非塔纳湖的马里岛上，一座古老的教堂里，一个精美的中国明代青花瓷坛，成为埃塞俄比亚国家级的祭坛：它被十六世纪后期埃塞俄比亚著名的万王之王察丹格尔挑选为他百年之后的栖居地——他的心脏的安息之所。十七世纪后期，法国国王路易十四通过法国商人，在景德镇做了他与夫人在一起的瓷器塑像。塑像里的国王夫妇，身穿中国丝绸做成的中国式服装，载歌载舞，其乐融融。他之所以这样做，或许因为他认为只有中国丝绸、中国式服装和中国景德镇的瓷器，才适合体现他贵为国王的气质和他们夫妻的完美爱情。俄国彼得大帝曾经专门订购过景德镇生产的绘有俄国国徽的瓷器。英国女王玛丽二世也是一个酷爱中国瓷器的王者，她在自己的王宫内专门设置了玻璃橱柜，陈列包括景德镇青花瓷在内的中国瓷器，以彰显王宫的威严和高贵。波兰王约翰和前面提到的法国国王路易十四都有专门用来收藏中国瓷器的瓷宫。在土耳其伊斯坦布尔的托布卡普·撒莱宫的大厨房里，陈列着一万多件中国瓷器。宫殿的主人为何将这些瓷器收藏在厨房之中？难道在他看来，那些瓷器也是款待贵宾的美食？……

那么多外国的皇帝、王者疯狂地热爱着中国的瓷器。他们争先恐后地用专门的宫殿供养着那些生长在瓷壁上的青花植物，让这些来自中国的蓝色花朵盛开在自己掌控的国土之上。这一切据说是源于那个在中国待了十七年的意大利人马可·波罗，他的游记给全世界带来了巨大的影响。在他那本风靡欧洲的著作中，他不惜使用最美好的词语来赞美中国：“（济宁府城中的）河中的船舶往来如织，仅看这些运载着价值连城的商品的船舶的吨位与数量，就会令人惊

青花夔龙纹罐　明宣德

青花行龙纹蟋蟀罐　明宣德

讶不已。”“这条河（黄河）离大海一英里的地方有一个码头，可停泊船只一万五千艘。”“（宝应县居民）以工商业为主，盛产丝，并可制造各种金线织物。”“（南京省）谷物丰足，家畜遍地，鸟兽随处都可猎到，老虎则更多。”“（常州城）是一座美丽的大城，盛产生丝，并且可用它来织造各种花色的绸缎。”“（杭州）居民的住宅雕梁画柱，建筑华丽。……该城中各种大小桥梁的数目达一万二千座。……（西湖）整个湖面宽广明秀，站在离岸不远的船上，不仅可以观赏全城的宏伟壮丽，还可以看到各处的宫殿、庙宇、寺观、花园，以及长在水边的参天大树。”……这些不容置疑的语句引爆了整个欧洲对中国的迷恋。人们纷纷把遥远的中国看成是童话里才有的国度，或者是等同于他们的宗教里描述的彼岸乐土。那与马可·波罗笔下的梦幻国土气质一脉相承的青花瓷器，自然成为了欧洲上流社会崇尚的玩偶，也当然是适合皇帝们炫耀财力和彰显品位的珍宝。

可没有一个皇帝会比波兰国王奥古斯都二世更加迷恋中国瓷器，他几乎是耗尽一生来成就自己中国瓷器狂热收藏家的身份。他的这一疯狂举动，让他在几百年后，作为瓷器收藏家的影响甚至远远大于他当皇帝的威名。

出生于1670年的奥古斯都二世是十七世纪欧洲闻名的浪荡公子。他曾经很长时间沉迷于击剑、战术、骑马等这些纨绔子弟引为时尚的爱好之中，而对以他的身份应该精学的宗教、历史和语言等科目，他并无多少兴趣。二十岁以前的一段时间，他到处游逛，法国、葡萄牙、意大利等国家都留有他的足迹。他很小就开始猎艳逐情，并为此流连忘返。二十三岁那年他与德国北部勃兰登堡—拜伊罗特的克里斯蒂娜·埃波哈丁娜步入新婚礼堂，可事实上他已经有了五个情妇，并与她们生下了八个孩子。这真是让人哭笑不得的事情。按理，他作为萨克森选帝侯约翰·格奥尔格三世的次子，并无承接父业统治萨克森世袭领地的机会。可是这位臭名昭著的王子是一个运气好得让人妒忌的人。1694年，他的哥哥萨克森选帝侯约翰·格奥尔格四世死于天花并且没有子嗣，他理所当然地成为了萨克森的新王储。三年后，波兰立陶宛国王死去，他又在德意志的支持下加冕为波兰国王兼立陶宛大公。

也许是从成为波兰统治者起，奥古斯都二世就开始了与他的王者身份并不相称的两件大事：建筑与收藏。对他来说，那似乎是比开疆拓土和征服女人心更重要的事情。他的政权经营得一点都不顺利，王位曾经几次失而复得：他曾率领萨克森军队参加1700至1721年反对瑞典的大北方战争，根据1706年与瑞典国王查理十二签订的和约，他一度被迫放弃波兰王位。直到1709年，瑞典在波尔塔瓦战役中失败，在彼得一世的支持下，他的王位才得以恢复。因为在位期间推行君主专制制度，他招致了大地主和小贵族的不满，并引起彼得一世的不悦，后者派军队攻打并占领了波兰，并迫使他签订了一项屈辱的协议，规定他的军队撤离波兰，波兰不得有任何贵族党，而且国王雇佣军的人数需限制在一定数量之下。他不愿承认，但无

奥古斯都二世所藏瓷器

法改变的现实是：他管理的国家，由于过多的战争以及俄国、普鲁士和奥地利的干涉，经济状况持续恶化，政治生活极端混乱。他对女人，也是常常缺少耐心。高兴的时候，他会送给他喜欢的女人一座宫殿，可是那宠爱从来不会持久，那宫殿的统摄权很快就会被他免去。

只有不停地建造宫殿和收藏艺术品，才会让这位十七、十八世纪全欧洲著名的失败军阀和女人眼中朝秦暮楚的负心汉得到持久的成就感。只有不断让眼前矗立起宏伟而华丽的宫殿，奥古斯都二世才会在不断的受挫中获得安慰。1701年，他主持修建德累斯顿王宫；1705—1708年，他修建了土耳其宫（即今天的塔申贝格宫）；1709—1719年，他修建了工程浩大的茨温格宫（后来成为德国巴洛克时代最大的庆典舞台之一）；1720年，他在德累斯顿的易北河岸边建造了用于避暑的“水上宫殿”，1721年又在水上宫殿的后面建起了与它一模一样的山上宫殿。之后的十几年里，他又先后主持修建了格罗斯赛德利茨花园、弗里德里希宫、皮尔尼茨宫的水上宫殿和山上宫殿、莫里茨堡狩猎宫、于毕高宫……

他给他的一座座宫殿装饰以精美且寓意深刻的壁画、雕塑、漆器家具、珠宝以及瓷器。他用他的宫殿来收藏中国瓷器——天知道他是怎样与中国瓷器结缘并且深陷其中的。从十八世纪初期开始，奥古斯都二世不惜多次调用国库，广泛搜罗购买中国瓷器。为了得到自己心仪的瓷器，他不断放下皇帝的身段，与许多经营瓷器的商人亲密往来。他毫不客气地接受大臣们的进贡，比如萨克森大臣凯特·拉格纳斯卡就在旅居荷兰的时候为奥古斯都二世购买了大量的中国瓷器，陆军上将菲尔德·马歇尔和首相坎特·弗莱明更是忍痛割爱，将自己收藏多年的大部分中国瓷器送给这位贪得无厌的君主。为了知晓中国瓷器的秘密，这个孩子一样好奇的君主创建了欧洲第一家瓷厂——迈森瓷厂，命令著名的炼金术士德国人约翰·弗里德里希·波特格尔反复试验，以找到配方。当波特格尔宣称自己造出了瓷器时，为防配方泄露，奥古斯都二世不容分说立即囚禁了波特格尔，直到后者郁郁寡欢而死方才罢休。他曾经在皮尔尼茨宫建造了一座亭子，取名为“中国亭”，其灵感分明来自那些中国瓷器上的亭台图案。而事实上，这一亭子不过是他心中的想象之物，与真正的中国亭差之千里。他做的与中国瓷器有关的最为荒唐的一件事情，是将萨克森部队约六百名龙骑兵的一个兵团，送给北部普鲁士摄政王威尔·汉姆，以换取后者手中收藏的一百五十二件造型独特、体型庞大的中国青花瓷器。如此疯狂的举动自然被后来的史学家视为奥古斯都二世荒淫无度的证明，人们纷纷把这些瓷器别有用心地称为“龙骑兵血碗”。这个头顶皇冠的疯子，这个全欧洲最有名的瓷器狂人，一辈子竟然收藏了两万四千件中国瓷器，其中百分之六十为景德镇青花瓷。这些青花瓷器因他的巧妙陈列布满了他的宫殿，在他德累斯顿的宫殿内，蓝色焰火仿佛闪电一样游走不息……

在现实中经常像受气的小媳妇一样的奥古斯都二世最喜欢静坐在他的瓷器宫殿里。在这个青花簇拥的世界里，他感到自己就是无须看任何人脸色的整个欧洲最伟大的君主彼得大帝。只有在这里，他才享有难得的无忧欢畅的时刻。除了全欧洲对瓷器的追捧，这个精神上有几分偏执的不可理喻的人，是否会常常陷入自己前生是个生产青花的、马可·波罗的游记里宣称到处是香料的国度的富家公子的狂想之中，那些青花瓷器上的亭台楼阁、花鸟虫鱼曾经为他所真正拥有，而他所在的波兰，不过是他今生不慎流落的异国他乡？他收藏青花的疯狂行为，多像一个可怜的游子在用不可救药的方式缓解他的思乡病！这个爱瓷如命的人，根本无法控制自己对包括青花在内的中国瓷器的购买欲。在1726年5月22日给首相坎特·弗莱明的信中，他坦率地承认："我陷入了对荷兰橘子树和中国瓷器的狂热追求中，正毫无节制地进行购买和收藏……"

伍

"照此瓶（嘉窑青花白地小瓶。作者注）做木样一件，发往江西照样烧造嘉窑款二件，其余烧造乾隆款，随大运呈进。钦此。"（乾隆十三年四月初三日）

"照此木样（青花白地嘉窑款瓶。作者注），准发往江西烧造。钦此。"（乾隆十三年四月初十日）

"着江西照现烧造的观音菩萨、善财、龙女再烧造一份，得时在静宜园供。钦此。"（乾隆十三年四月初十日）

“俱交江西（青花白地胆瓶、哥窑双耳碗、宣窑双管花插、官窑小瓶各一件。作者注），每样烧造二件，有款照样落款，无款不必落款。钦此。”（乾隆十三年四月十六日）

“问烧造的观音如何还不得。钦此。”（乾隆十三年五月初一日）

“想是唐英不至诚，着他至至诚诚烧造。钦此。”（乾隆十三年五月初一日）

“祭器（坛庙祭器纸样，地坛，祇谷坛，夕月坛木样。作者注）内铜器交庄亲王成做，磁器交江西唐英烧造，编竹丝漆器交苏州织造图拉成做……俱赶祭祀各坛庙日期以前送到。钦此。”（乾隆十三年五月初二日）

…………

从乾隆十三年四月初三至五月初二一个月的时间，乾隆就下发了那么多道与景德镇烧瓷有关的圣旨。一个掌管广阔疆域、整日面对如山国事的皇帝，对景德镇这样一个盛产瓷器的小小区域竟然施以如此事无巨细的关注，真是不可思议。

平心而论，出生于康熙五十年（1711）的清朝第六位皇帝乾隆算是一位颇有政声的皇帝。他从二十五岁登基开始掌管国家，每天都是五点多起床，批阅奏章，裁定国事，可谓勤勉用心至极。他在执政期做过的事情还真不少：在政治上，他矫其祖宽父严之弊，实行“宽严相济”之策，整顿吏治，厘定各项典章制度；优待士人，安抚起复雍正朝受打击之宗室。经济上，他奖励垦荒，兴修水利，蠲免钱粮，促进了经济的繁荣。军事上，他统一西域，多次平定西部少数民族贵族的叛乱，反击廓尔喀对西藏的入侵，加强了对边疆地区的管辖，维护了国家的领土完整，奠定了近代中国东北到外兴安岭、库页岛、鄂霍次克海，西北到巴尔喀什湖、葱岭，北到恰克图（贝加尔湖以南、色楞格河以北），南到南沙群岛的地理版图。文化上，他组织编修了中国古代最大的官修书《四库全书》，为后世保存了大量古典文献。清代几代帝王的苦心经营，乾隆个人的勤勉为政，诸多有利于国家发展的政策的实施，茶、瓷器、漆器、家具、地毯、生丝及丝织品等商品盛行于国际市场，为国家赚取了大量的外汇，使乾隆御宇的十八世纪的中国，出现了和平与繁荣的景象。

然而那不过是黄昏降临前的辉煌。由于国家体制上的漏洞，以及其个人执政时间过长（1736年即位到1795年退位，退位后还当了三年太上皇，实际掌握最高权力长达六十三年多，是中国历史上年寿最高的皇帝），在十八世纪后期，清朝出现了一系列衰败的征兆：白莲教起义的烽火此起彼伏；大兴文字狱造成全民思想的僵化和精神的奴役，对民族的未来有益的思想根本无法孕育，政治和经济的改革就无从谈起；官僚系统的行政效率越来越低下，吏治腐败已经到了很严重的程度，宠臣和珅的富可敌国就是明证；鸦片的大肆进入严重腐蚀了国人的体魄和精神，国家的白银像水一样哗哗流出……大清国的命运已被埋下了多处隐患，变得阴云密布。

或许是年岁过高视力不济，或许是臣子们的报喜不报忧，老年的乾隆对这些隐患视若不见。他热衷于在自己的宫殿里搞中国皇帝排行榜，迫不及待地给自己发光荣匾额。他扬扬得意地总结自己的一生，扬言自己建立了“十全武功”，毫不客气地封自己为“十全老人”，以向世人暗示他的统治在中国历史上无几人能及。他还热爱写诗，几乎到了匪夷所思的地步——每天都要写一首以上，有些内容让人难以卒读，充满了大而无当的情怀。四万多首的产量使他荣升为世界上写诗最多的诗人，可是最终没有几首广为流传的。这简直是一个天大的笑话——文学的流传不会因为皇帝的身份就顺理成章，没有文学审美价值的文本，不管作者是皇帝还是权臣，其结果都是被时间遗忘。

他不断地向景德镇颁布圣旨。在圣旨里，他不厌其烦地规定了具体的瓷器花样、器形和数量，仿佛他才是景德镇的督陶官，而身在景德镇的唐英不过是景德镇一名普通的瓷匠。他会在圣旨里对唐英严加斥责，如乾隆十三年十一月二十七日，可能是嫌瓷器烧造式样老旧，他托太监胡世杰传旨申斥和处罚："此次唐英呈进磁器仍系旧样，为何不照所发新样烧造进呈？将这次呈进磁器钱粮不准报销，着伊赔补。钦此。"乾隆十五年七月十二日，他又下旨斥责并施罚："唐英上年所进磁器内，选出缺釉、毛边、足破甚多，明系尔离任，将脚货选入上色，希图蒙混，将选出釉水不全等磁器数目，不准报销，着伊贴补。再传与回子知道，以后选上色磁器务要细心办理，不可疏忽。钦此。"他真像是一个极其啰唆、喜怒无常的老者，或者说是有着恋物症状的精神病人。毋庸讳言，由于他亲临一线指挥，景德镇的瓷器烧造的确迎来了历史上最为辉煌的时期，各种体态精巧、构思新奇的瓷器大量出产，各种镂雕技法广泛使用，无论在数量上还是在品种上都登峰造极，质地精良，无与伦比……

可是当乾隆皇帝还在迷恋瓷器上的蓝色花朵，日日思考怎样在瓷器上烧制出他所谓的文治武功、大国气象，烧制出中国农耕文化里的诗意、传统文化里的精致和高妙境界，还在为手工业创造的非凡物象所沾沾自喜的时候，由于清代自开国以来所秉承的闭关锁国政策，他并不知道，世界另一头的欧洲，此时已经取得了以机器大工业代替手工业的工业革命的成功，拉开了现代国家的序幕，即将对他的国家造成巨大的威胁。他并不知道，他驾崩四十一年后（1840），欧洲列强将以虎门销烟为名，乘四十余艘船舰渡海来袭，

清高宗乾隆画像

而他的士兵，只能用过时的梭镖与大刀，悲壮而可笑地与他们的火炮对抗。因为清政府的闭关自守错失了踏上现代文明之路的机遇，中华民族从此开始了长达一个多世纪的苦难……

鸦片战争的炮弹让依然待在农耕文明和手工业文明梦境里的中国伤痕累累。大清王朝仿佛一件图案美妙吉祥质地却脆弱无比的青花瓷器，轻轻一碰就轰然破碎。1840年鸦片战争破碎的声响，成为近代中国最为耻辱的标识之一。这一点，肯定让一贯自以为是、以圣君自诩的乾隆皇帝始料未及。

然而青花是无辜的。当鸦片战争后的中国大门洞开，青花便成了“最是仓皇辞庙日，教坊犹奏别离歌，垂泪对宫娥”中的宫娥，便成了“国破山河在，城春草木深”中的山河与草木，便成了“笛中闻折柳，春色未曾看”中的笛声和春色。虽然青花由皇家工厂制造，严格按照标准化的宫廷美学范式装扮一新，可它从来没有皇家惯有的威严刻板的表情。它从来就是泥土和火焰的后裔，是中华大地如此多娇的青山与绿水的缩影。当我们这个民族到了改朝换代或者危在旦夕的时候，它从来都是乡愁的组成部分。

然而青花是不存在的。青花，乃是现实世界中虚拟的美物。它就像麒麟、凤凰与龙一样，是我们民族想象的生灵，是出于美和信仰创作出来的用于崇拜的精神幻象。虽然普天下的皇帝纷纷以拥有它为荣，但事实上，它从来都不会真正为谁所拥有。

诗人们

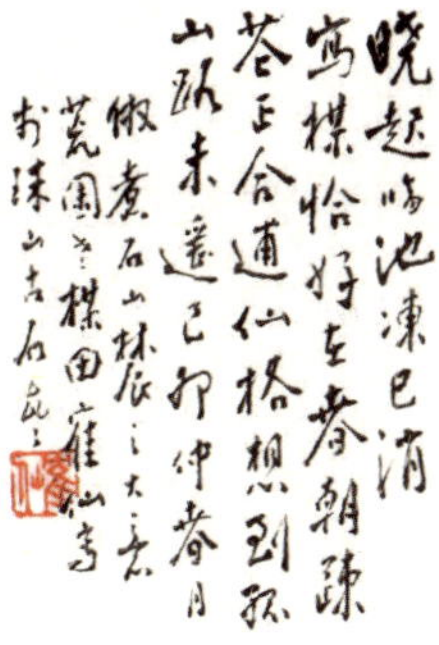

壹

“白玉金边素瓷胎，雕龙描凤巧安排。玲珑剔透万般好，静中见动青山来。”在审定了一件瓷器的木样之后，意犹未尽的弘历又题写了这首诗。他把玩再三，觉得立意不错，特别是最后一句，甚至有几分北宋著名诗人林逋的名句“疏影横斜水清浅，暗香浮动月黄昏”的意蕴，不免有些得意，再加上贴身太监的卖力恭维，弘历几乎要飘飘然了。他命太监拟旨，要远在千里之外的景德镇的督陶官唐英遵随带木样烧造瓷器，并将此诗烧在瓷器表面，以供宫中上下传颂，并期永世流传。趁着心情不错，弘历又写下了《蘅皋掇菁藻》：“蘅皋掇菁藻，毡室伴清嘉。却喜多风韵，偏宜对月华。参来红艳多，映处绿丛斜。还倡文轩侧，征吟倚碧纱。”这不过是他所作的七首同韵诗中的一首。坦白说，这些咏叹花红柳绿的平庸诗句，并无特别惊人奇崛的地方，也无多少深刻的精神内涵和高超见地，却被弘历视为自身具有高洁的精神和高雅的艺术修养的证明，同样嘱太监传旨唐英烧制在瓷器上。那瓷器的式样适于挂在出行的轿子前面，或者作为床榻的蚊帐钩饰，所以称为挂瓶，实在是十分微不足道的物件，可对弘历来说，这也是宫中教化与展示自身文才不可缺少的版面。再说，普天之下莫非王土，皇上要在哪里写诗，是皇上的自由，谁又能拦得住？

弘历实在是中国历史上最爱写诗的皇帝。他的诗不仅比不上五代十国时期的南唐皇帝李璟，后者“细雨梦回鸡塞远，小楼吹彻玉笙寒”二句，就足以让历史销魂，更比不上李璟的儿子李后主李煜——将祖传的江山拱手让与他人，却以诗词之作，成为了诗国里的君主。李煜的诸多作品，如《虞美人》《浪淘沙》《乌夜啼》等，

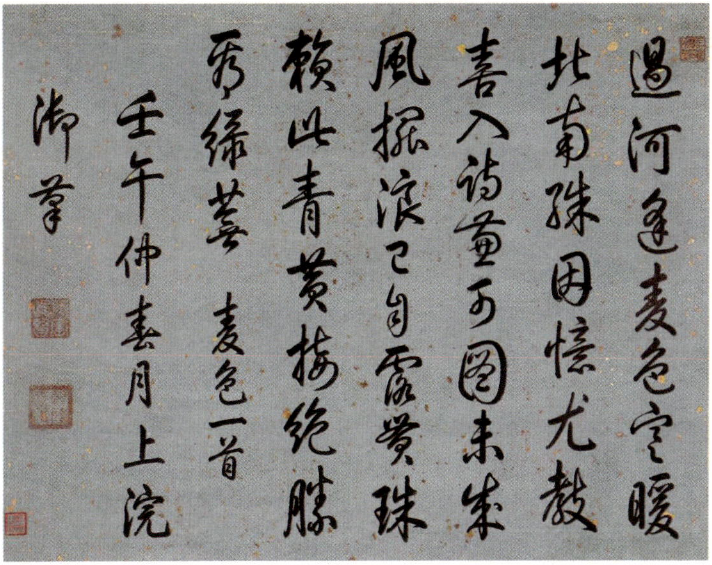

行书《麦色诗》（清）弘历　故宫博物院藏

在整个古代诗歌史上享有至尊地位，他因此被称为“千古词帝”。弘历的诗作也比不上热衷于马上夺天下的汉武帝刘邦，虽然刘邦作诗甚少，但“大风起兮云飞扬，威加海内兮归故乡，安得猛士兮守四方”三句，足以让他在诗史上占有一席之地。作为一名守成之君，弘历既没有战场杀敌的恢宏气势可让他成为刘邦或曹操一样的诗人，也没有亡国的沉痛能让他如李后主一样沉痛之余化血为墨写出不朽之作。弘历诗才平平，除了少有的几次游历和狩猎，几乎在宫中足不出户，没有可供转化为浪漫诗情的生活体验，没有对世界的丰富认知，怎么可能写出好诗？可这一点也没有妨碍弘历成为一名疯狂的诗歌爱好者。他会在上朝时走神，推敲一首尚未完成的诗的词语安装程序。他会在深夜不舍得睡去，因为他感到有一首诗正从远方赶来要投奔他。他会在某次廷议后，吟出云山雾罩的诗句，并叫太监写成圣旨，弄得大臣们面面相觑，旋即又装作若有所悟点头称是。他会在狩猎或出宫东巡后，回宫便高呼纸笔，导致太监们只要一看他作沉吟状就会笔墨伺候。他会在某道内容严肃重大的圣旨后面意犹未尽地添上一首诗，而大臣们都习惯了他的这种做法。他会在这首诗还没作完的时候，又在另一张纸上写出了另一首。一天不写诗他就会若有所失，食不知味。他会让信得过的大臣将自己的诗集刊印，拿着新出的诗集，他比临幸了一个新妃子还高兴。他的诗歌题材包罗万象，旅行、观书、读画、咏史，山川河流、花鸟虫鱼等无所不包，所作大抵合乎格律，部分诗句也颇有意境。但言辞往往大而无当，凌空蹈虚不着边际，诗味大多稀松平常。可他毫不在意，或者并不自知。他每作一首诗，都会被身边的太监、妃子和大臣们变着花样夸赞。他们夸他的诗："如云霞之丽天，变化不穷，而形容意态，无一相复；如江河之纪地，流行不息，而波澜湍折，无一相同；如二气之育物，生化不已，而耳目口鼻无一相类。故从心所欲，动合自然。染翰擘笺，顷刻辄数十首。侍臣授简，吮墨沉思，前韵未赓，新题已作，丹毫宣示，日以为常。……文采焕于星汉，苞涵富于山海。"其潜台词，无非是他们的皇帝是古今第一大诗人，开天辟地的诗宗，无人匹敌的五绝圣手、七绝太祖……这让他写诗的劲头更足了。这样一个疯狂的诗歌写作者，数十年如一日写诗不辍，一生作诗竟然达到四万余首，几乎与包含了两千多名诗人的《全唐诗》等量！

弘历把诗歌写在绢上、宣纸上，同时也写在瓷器上。普天之下莫非王土，那小小瓷器的方寸之间，自然也该是弘历的私家领地。何况那花团锦簇的青花瓷器，比起绢和宣纸，更是意味无穷、可供永世流传的完美诗歌载体。是的，同热爱诗歌一样，弘历也是一名狂热的瓷器爱好者。他经常对宋代生产的瓷器把玩不已，并且作诗以记。他对全国几家名窑生产出的瓷器特点如数家珍，对千里之外的景德镇更是高看一眼、厚爱一分。窑变、釉彩等有着神秘色彩的造瓷程序令他着迷。他有时接连几天给景德镇的督陶官唐英颁旨，不厌其烦地用不可置疑的口吻交代瓷器的图案、造型及烧制数量。他当然希望他的诗能书写在白如玉、明如镜、薄如纸、声如磬的瓷器之上；希望他的诗能被青花或粉彩的花饰簇拥，与各种由他审定的精美图案相得益彰，从而成为宫中具有明显个人标记和非凡气象的珍宝。在这种精神的鼓舞下，弘历一共写了大约两百首瓷器诗："雨过脚云婪屋垂，夕阳孤鹜照飞时。泥澄铁镞丹砂染，此碗陶成色肖之。"（《咏宣窑碗》）"幽谷香凝冰玉腮，寻芳才见一枝开。雪过野径行行远，春到山村得得来。最爱轻盈含数点，莫愁狼藉落成堆。明窗雅助新诗兴，坐上曾延萼绿陪。"（《咏梅》）"官汝称名品，新瓶制更嘉。随行供啸咏，沿路撷芳华。挂处轻车称，簪来野卉斜。红尘安得近，香籁度帷纱。"（《咏挂瓶》）……他不断下达圣旨，交代唐英如何把他的诗歌烧在瓷器之上：

传旨：着寄与唐英，照从前烧造过挂瓶式样，将此诗写上，烧造数件送赴来京。钦此。

传旨：将此诗交与唐英，烧造在轿瓶上用，其字并宝玺酌量收小，其安诗地方并花样亦酌量烧造。钦此。

（乾隆十七年十月十六日，弘历命总管王常贵交御制诗四套后）传旨：着赏唐英，嗣后烧造瓷器，应用诗之处即用此诗拣选烧造，不必用乐善堂诗文。钦此。

…………

贰

“于役春风道，随缘心境通。远沙闲鸥白，古渡野花红。……双旌东指处，五色瑞烟笼。”乾隆十四年（1749）春天，九江关监督兼景德镇督陶官唐英安顿好九江关务，遂启程赴景德镇巡视御窑厂陶务，路上看到春光明媚、鸥白花红，不禁诗性大发，作《己巳季春巡视陶工鄱阳道中新晴口占》。九江距离景德镇三百里，唐英一路鞍马劳顿是免不了的，可这首诗根本没有深陷于长途跋涉和繁忙公务之中的人常有的倦怠与苦闷，相反显得从容、浪漫与愉悦，仿佛《论语》中曾点所言“暮春者，春服既成，冠者五六人，童子六七人，浴乎沂，风乎舞雩，咏而归”中的踏青者，充满了假日般的萧散与自得。这首诗不仅无一丝暮气，而且透着一种草长莺飞的勃勃生机。而其实那一年的唐英，已经是一位六十八岁的老人了。

从雍正六年（1728）被任为内务府员外郎驻节景德镇至今，唐英不在宫中侍奉皇帝左右已经有二十一年的光景。这些年，他东奔西跑，先是任景德镇督陶官，又出任江苏淮安关榷使并遥领景德镇窑务，又改九江关监督兼任景德镇督陶官，又任粤海关监督，最后返回九江继续兼领景德镇窑务，忙得就跟陀螺一般。唐英十六岁开始就入宫廷为皇室效力，作为康熙、雍正、乾隆三位皇帝的亲信，他自然要为皇帝分忧，皇帝也不会让他有享清福的时候。可是，相比在宫墙的阴影中小心翼翼挪动身影，他庆幸自己虽然忙碌，虽然依然要战战兢兢全力以赴地去应对皇帝下达的各种旨意，包括陶瓷的生产任务，还有对自己的批评甚至责罚，可他不再需要把自己包裹得严严实实，以防宫中上下看出任何破绽。他的心已经完全从戒备森严的皇宫里解放了出来。如果说四十七岁以前他是一只被鸟笼般的宫廷圈养的只能发出取悦主人的“咕咕”声的鸽子，那么现在他已经成了一只天地间肆意翱翔的雄鹰。

他看到了远比宫中辽阔的春天——与他所看到的宫墙里被修剪整齐的、小心翼翼的、小家子气的春天相比，那是野蛮的、随心所欲的、飞扬跋扈的生长，是天地间不顾一切，甚至是毫不讲究美学，然而却是最熨帖、最畅快的呼吸与绽放。在这样的春天里，他所体会到的自由和畅快远比在宫中多。那浓郁的花香、青草的气息都快让他喘不过气来。那草木间突然飞起的野禽会让他这个前宫廷武士吓一大跳，却又让他像个孩子似的嘿嘿笑出声来。那乡村水塘里的天光云影可堪入画，那深夜四周响起的蛙鸣是多么动听！除了春天，这世间有多少光影让他乱目，有多少风景令他倾心——不说那边城瓦楞上的夕光、无名板桥上的霜迹、乡间屋檐下燕子的呢喃、晴天里的雁阵远行，也不说那青山含黛、空林积雨、西窗烛暖、津渡月迷……

他开始与这世界建立新的联系。一到景德镇，他就与画匠一起画瓷，入窑厂向把桩师傅请教窑变技术，向拉坯师傅学拉坯，向吹釉工学吹釉，与工匠们共同作息，到底层百姓家访贫问苦。他还与当地僧侣往来，谈禅论道，打坐诵经。过生日，他邀请当地官员、制瓷工匠、落第秀才、引车卖浆者一起到他的官邸饮酒。他尊崇当地风俗，详读当地志书，对当地文化如数家珍。他对景德镇倾注了感情，景德镇的人们也对他报以尊敬。他不仅是景德镇的督陶官、来自皇宫的宠臣，还是慈悲为怀的佛门俗家弟子，饱读诗书的士子，描画精湛的瓷画师，无数无名瓷匠的兄长亲人。当他奉旨从粤海关重返景德镇时，全镇士农工贾群迓于昌江两岸，争着与他相认。这几乎让他有了沧桑游子回到故土的错觉！

他一直写诗。早在宫中的时候，他就开始习诗，研磨着平仄格律。那时候他的诗虽然也有模有样，但显得拘谨、苍白，缺乏生气。从到景德镇任协理督陶官开始，他的诗风有了变化。他的题材越来越广博。他写旅途见闻。如乾隆八年春天，他在赴景德镇御窑厂视察路上遇雨，在湖口县行馆，他写下："长途春雨骤，湖口驻双旌。避险船归港，乘风浪打城。烟迷江岸失，雷鼓石钟鸣。向夜挑灯坐，心清百感生。"同年四月，他写下了《鄱阳湖道中即事》："皇华陶榷使，踪迹近樵渔。薄醉花村酒，鲜烹柳渡鱼。……绿笠青蓑兴，尘心半欲除。"乾隆十四年，六十八岁的他写下了《丙寅闰春巡视窑工山行口占》："……艇浮野水渔堪羡，艳斗空山花可怜。绿笠青鞋何日事，十年前已慕坡仙。"他用诗歌记录生活，标注人间往来生死事。如乾隆五年，他五十九岁得子，作《庚申中秋后三日，三子生于江州使署，赋以识之》："……天上一年光满月，人间六十客添丁。……笑我半生愚且鲁，聪明愿尔愧趋庭。"当朋友以诗庆贺，他又和之："……倾盖交情忘雅俗，到门臭味拟兰芝。弄璋不作书成套，白雪红绫惠寄诗。"同年，他的老同事催总默尔森额卒，他写下两首诗歌哭送，以表达自己的哀悼伤怀之情。其中一首如下："……故国魂归应化鹤，珠山月落怕闻鹃。……老泪纷纷无限意，阳关声可达重泉。"乾隆六年，他的二儿子寅保考取进士，他高兴之下，作《辛酉榜发时正奉使浔阳，闻寅儿获隽，漫成二首示勉》，其一为："科第寻常事，闻来喜觉深。怜儿今日捷，遂我昔年心……"充分体现了他作为父亲闻知后辈学有所成的欣喜与关怀。

他还以诗歌写瓷器。作为景德镇御窑厂的督陶官，他的许多诗歌自然关乎瓷器。如雍正七年暮春，为催促下属吴尧圃去钧州寻找钧瓷秘方，他写诗："絮落花飞春已暮，几欲留春春不住。离筵黯黯趁春开，春风引客均州路。山山水水几许长，帆樯云树愁苍茫。谷城黄石岘首泪，酒材诗料携轻装……”乾隆七年，他领皇帝旨意烧制瓷鹿（据《江西烧造瓷器处》记载，该年五月初二日，司库白世秀来说太监高玉传旨：“将唐英烧造之鹤、鹿，嗣后烧造时，鹤俱要对面，其鹿脖子要直的，钦此”）。他组织工匠进行技术攻关，终于得成，欣喜若狂，立马铺开书案，写成四绝句记录当时的心情。其一如下：“鸣已兆秋风，青山久养茸。崭新头角异，尧圃豢斑龙。”他历任多职，景德镇督陶职多为遥领兼任，所以要经常往来于景德镇与关任，几乎每次到景德镇督陶，他都要写诗以记，这里不再赘述。

而他的许多诗，并无多少用意，乃是自我心境的表达，是他内心情怀的真切流露。他似乎对时间特别敏感和关切，几乎每到特殊节令，就会写诗作记。雍正十一年除夕，他作《癸丑除夕与二子守岁口占》：“八口天涯聚，团圆且放眉。岁残多旧梦，春近少新诗。……屠苏酌稚子，珍重白驹时。”乾隆九年除夕，他作《甲子除夕守岁，造小窗，腊梅盛开，对之有作》：“新年旧腊春消息，匹色寒香根冷衙。堆砌尚余连日雪，窥檐又放去年花。……待漏远朝宵不寝，金莲小炬照天涯。”乾隆十一年除夕，他作《丙寅除夕写怀》：“……天地自随人大小，古今多以事纷更。来朝白发逢新岁，管领春风别有情。”乾隆十四年元旦，他作《己巳元旦试笔》。乾隆十四年七月初七（七夕），他作《七夕戏成叠韵二绝句》。乾隆十五年除夕，他作《庚午除夕口占》。他的许多诗歌，与其说是与世界的交谈，倒不如说是他的自言自语，如“无事非因懒，官拘不出门。窗含红树影，阶褪绿苔痕。……风停寒雨霁，斗室坐黄昏。”（《丙寅初冬珠山斗室独坐拨闷》，乾隆十一年）“昔人别后折梅赠，我未去时先写梅。只为春风连日坐，寒香冷艳傍公开。”（乾隆十六年）“闰春新夏自迟迟，已是榴红蒲绿时。晓起送凉窗外雨，云峰烟树一天诗。”“……镜中自对须眉笑，不近红尘二十年。”(《丙寅孟夏，寓珠山陶署，雨窗口占二绝句》，乾隆十一年)

唐英无疑属于儒家。他在景德镇勤于督陶，创造了景德镇最为璀璨的一段历史，除了对皇帝的忠诚，也应该有儒家知识分子“修齐治平”理想的督促与自省。他的大量诗歌充分袒露了他的入世进取之心。但唐英又属于道家。他对山水自然，有着超乎寻常的喜爱与耐心，他的诗歌常常流露出对闲云野鹤生活的向往。如乾隆十二年，他六十六岁时写的《丁卯嘉平月浔阳官舍书怀》：“鹓鹭班联蜗壳庐，青衫白发笑庸疏。澹心水静凭消长，野兴云闲自卷舒。”就是典型的道家言辞。而唐英的诗歌中，是否还一直藏着一个僧人？——他的许多诗句饱含禅意。他经常在自己的官署里打坐读经，与佛家弟子殷勤往来，谈佛论禅。他记录与僧侣往来唱和的诗可真不少。如在九江钞关时，他经常去拜访能仁寺的方丈耘籽上人，每获耘籽上人赠送莲子、芍药和白梅，都要写诗以谢。“一花一世界，一叶一如来。清静无尘垢，维摩丈室开。”“白莲开古社，陶谢去来奇。试问赠花者，远公第几枝。”这样的句子是诗，同时也是佛家具有无限深意的偈语。耘籽上人圆寂后，晓苍上人接任方丈，唐英亦与晓苍上人往来甚密。某日唐英得赠红梅，写了三首诗答谢。其一曰：“腊雪从衙深闭关，玉山银浪对孤闲。妙香静里真消息，红绽维摩斗室间。”这个一直用诗歌记录交往、旅行和心境的人，是个精神体系何等丰饶之人！

他把自己在江右十余年所作收录成集，取名为《陶人心语》。这就意味着，他在这部诗集中写下的每一句诗，都是陶人心声的表达，都是以制陶人的身份，献给他心中的圣殿景德镇的言辞——仿佛槎柴献于瓷窑，青料献于瓷坯，信徒献于庙宇，赤子献于母亲。

叁

如果不是因为《陶歌》，大概没有谁知道这个姓龚名铽的人到底是谁。没有人知道他是否像陶渊明那样喜爱在山上种菊，或者像苏东坡那样爱食红烧肉。没有可供参照的画像做证，没有人知道他是高大还是矮胖，面相是天庭饱满还是颧骨高耸，眉心上是否有一颗痦子。没有人关心他是否有子嗣，如果有，他们是否会煞有介事地在族祠中供奉其灵位，在族谱上用不少的篇幅为他书写生平。在浩如烟海的史料中，有关龚铽的记载也是寥寥——

清嘉庆、道光时著名文学家包世臣《艺舟双楫》卷三《答陈伯游书》载："南昌龚铽，字沤可，年七十余。需次学博，好学不倦，四部俱有探讨。嗜为诗，五言雅近陶、苏，而温雅谦抑不自足，与贵乡人士大殊。"

清末徐世昌编选的清诗总集《晚晴簃诗汇》卷一百二十二："龚铽，字适甫，又字季适，号沤舸，南昌人。贡生，候选教谕。有《四和诗》《六如诗》。"

清末史官恽毓鼎的《澄斋日记》："（光绪卅年甲辰二月初七日）书贾李紫东以龚季适《沤舸丛录》钞本求售，凡日记十一本，诗词七本，尚友编六本。龚名铽，南昌人，先子居先生之弟子。所记多论事、论学、说理，语颇可观。"

从以上有限的记录中我们得知，龚铽是南昌人，爱读书，有贡生功名，做过候选教谕之类的小官，喜欢写诗。他死后多年，有书商将他的《沤舸丛录》钞本出售，钞本数量巨大，有二十余册，但是否卖出不得而知，钞本里都写了啥也没有透露。他写了很多诗歌，有人夸他雅近陶渊明、苏东坡，可这种赞誉看起来更像是朋友间的客套，当不得真。他的诗歌，大多数都没有传下来。以至于今日，当我们说起清代文坛、历史掌故、坊间轶闻，几乎不可能说到这个姓龚名轼的南昌人，是个著作等身、成就卓越的诗人，有某某诗、某某词为证云云。

龚轼是一个低阶的小官僚，是个爱读读写写的普通读书人，并未居庙堂之高决策千里，影响历史进程，也没能居江湖之远著书立说，发振聋发聩之语，成金玉良言，成为掌握历史话语权的书写者。他只是个卑微的小公差，常常要仰上司的鼻息，时时还要为工作生计发愁，身上旧长衫的不易察觉处偶尔会有一二补丁，每晚有一二两浊酒佐餐，即愿意将此人间视为太平盛世。可即使生活再清贫，他依然葆有读书人的本分，一闲下来就读书写诗，将每日所见所闻所思诉诸文字，常于夜深时斟字酌句，常与同道者往来唱和。历史的版面往往是给那些位高权重或者卓尔不群的人们留下的，龚轼如此卑微普通，怎能挤进那么显豁的逼仄页面？

可龚轼的一生得以与景德镇这样一座充满艺术奇迹的城市结缘，事情就有了新的可能。

嘉庆十九年（1814），龚轼以贡生功名，以及多年在官衙中任文职的经验，出任浮梁幕僚。他每往返于南昌与浮梁，必经距浮梁二十里的景德镇。有时缘于公务，他也要经常前往浮梁管辖下的景德镇。他在浮梁做幕僚四年，结交了不少朋友，有不少人就是景德镇的画师瓷匠，得闲时，他也会去找他们喝上一杯。他得以经常出入景德镇，与工匠攀谈，看窑火升腾，了解了景德镇这个令全世界都趋之若鹜的陶瓷殿堂的生产流程以及工匠们的苦辛。看着昌江之滨的景德镇花开叶落、春去秋来，看着火焰止息之后，匣钵打开，瓷器如玉女出浴，釉光流转、青花摇曳、优美绝伦，看着创造了这瓷上花朵的窑工们整天如牛马状挥汗如雨，这个习惯舞文弄墨的人，就有了要为景德镇写上几首诗的冲动。可龚鉽没想到的是，他一提笔，那瓷壁上的千山万壑都要他为之命名，那瓷壁上的万紫千红都要他吟诗赞美。他的灵感就如春汛中涌动的昌江，奔腾不息，那些诗句仿佛瓷壁上的缠枝纹，一首一首相互缠绕着，从他的笔下流泻出来，哪怕他想停笔也止不住了。

他感叹景德镇美好瓷器生产的艰辛："武德年称假玉瓷，即今真玉未为奇。寻常工作经千指，物力艰难那得知。"

他记录下景德镇制瓷的诸多场景。如采石炼泥："在山石骨出山泥，水碓舂成自上溪。要是高庄称好不（dūn），不船运载任分携。"如拉坯："几家圆器上车盘，到手坯成宛转看。坯堞循环随两指，都留长柄不雕镘。"如利坯："坯干不裂更须车，刀削圆光不少差。此是修身正心事，一毫欠阙损光华。"如把火："满窑昼夜火冲天，火眼金睛看碧烟。生熟总将时候审，此中丹诀要亲传。"

他感叹童宾赴火的壮举及精神："博得一身烟共碧，至今青气总凌霄。"

他夸赞景德镇知名窑主的吃苦耐劳精神，用诗给他们写了一份表扬稿："魏氏家传大结窑，曾经苦役应前朝。可知事业辛勤得，一样儿孙胜珥貂。"

他到御厂珠山唐英题字的环翠亭游玩，作诗感怀唐英功德："百年风雅一峰青，几次携琴环翠亭。看到壁间蜗寄字，也搜心语著陶经。"

他还用诗歌一本正经地向人传授辨瓷经验："晋窑碎器非冰裂，要认龙泉鱼子纹。另有庐陵永和市，莫将真假听传闻。"

…………

在嘉庆十九年至二十二年间（1814—1817），在浮梁县署供他住下的并不宽敞的住所里，龚轼沉浸于对景德镇陶瓷业主题诗歌的书写之中。他经常挽起袖口，用手缓缓地研墨，心中却在拿捏一首诗的起笔和落笔。当感到已经成竹在胸，他研墨的手不禁加了几分力气。他往往会一手将毛笔悬在半空，一手捻着自己唇上的胡须，为等待他以为最好的那个词句的出现而颔首屏息。他可能崇尚同是江西人的陶渊明，贫困潦倒却写出那么多伟大的诗篇。说不定龚轼许多失传的诗篇里，就有不少篇什是向这位几百里外的老乡致敬的。他也希望自己是白居易，写出的诗歌，言辞平易，乡村老妪也能成为诗的知音。可有时喝了一些酒，颇有些醉意，他又误以为自己是人人景仰的诗仙李白，只要动笔，笔下就会出现惊世骇俗的天启般的绝妙诗句。可他其实更像是杜甫，他的那些记录景德镇制瓷细节、反映景德镇瓷业生态的诗歌，无意间继承了杜甫以诗记史的文脉。他写下的那些陶瓷诗，其实就是以诗记录景德镇的历史——从他的诗中，人们很容易找到许多业已面目模糊的景德镇制瓷史实的线索，看到十九世纪初制造出在全世界风靡的瓷器的景德镇窑火呼啸、工匠忙碌的景象。

在景德镇的四年里，龚轼共写下的以景德镇陶瓷为主题的诗歌有百首之多。可惜这些被他视为宝贝一般的诗歌，在一次出行时尽皆丢失（既泛舟江淮，乃失之），这自然是一件让人扼腕叹息之事。好在上苍对他不薄，他留了副本，七年后，也就是清道光三年（1823），他从友人处拾得前稿，选出了六十首刊印成集，名为《陶歌》。

平心而论，龚轼的诗歌并非没有可挑剔之处。他写得过于平实，对意境的营造功力还不够深，奇崛而超凡脱俗的诗句较少，有些诗句由于过于直白显得诗味不足。可因为他写的是景德镇，他的诗歌就超越了文学的意义，而成为历史上详录景德镇行业生态、阐述景德镇艺术精神的重要学术著作。那些表面平实的诗句，由于是对景德镇瓷业的描摹，就有了瓷一样的釉光。一个叫杨振纲的人在《陶歌》的跋中如此评论这本诗集的价值："先生格物穷理于陶一端，悉其原委，著为诗歌，使人皆知窑瓷攻苦不易，并得于备物致用时，随处可以见道，真有陶熔一世，模范千古之思矣。"这样的评点，虽有溢美之词，却高明地指出其诗歌的成功处，乃是对陶瓷的记录与弘扬。

这样一本并非无可推敲的诗集，因为景德镇，和世界闻名的陶瓷艺术一起获得了与时间抗衡的力量，并驶上了通向永恒的轨道，成为景德镇的重要文化符号之一，不断地被后来的研究者提起。他写青花的诗句"白釉青花一火成，花从釉里透分明。可参造化先天妙，无极由来太极生"，已经成为让无数人心旌荡漾的青花的权威表达。他这名普通的低阶幕僚，诗才平平的诗歌爱好者，因为与景德镇的缘分，也如泥坯过火，发生了令人惊异的窑变，成了一名具有重要历史地位的瓷器诗人。想想，在景德镇这座古老的东方陶瓷之城，真是什么事情都可能发生的呀。

（历史上以诗歌写景德镇瓷艺的本土诗人还有彭泽人凌汝锦，曾以教谕补浮梁县训导，乾隆四十七年（1782）参与主持和修订乾隆版《浮梁县志》，有《昌江杂咏》六首传世；浮梁人郑凤仪，乾隆年间曾主教浮梁绍文书院，有《浮梁竹枝词》十首传世；浮梁人郑廷桂，清嘉庆二十二年（1817）副贡出身，传有《陶阳竹枝词》三十首。——补记）

肆

每画一幅梅花图，田鹤仙都要同时作上一首梅花诗。有的时候，是梅花画到一半——梅干的瘦傲苍劲气质已经显现，枝丫在若断若续间已经显其精神，梅干的虚影也在主干下若有若无，枝干上花朵也已有了轮廓，有几朵已经用颜料点染出花蕊。田鹤仙知道，这些花蕊一经烧制就会满目流芳。画到这里，田鹤仙就要开始琢磨怎么给这幅画配上一首相得益彰的诗了。他继续挥动着画笔，给老枝添上几笔，使之更苍郁遒劲；在画面上添上几枝新枝，让画面更饱满，层次更丰富；给枝干添几朵梅花，让花朵更鲜艳——诗在他心里也逐渐清晰了起来。因为诗歌的介入，他后面的笔触就有了抒情的韵致，那些添上的花朵就有了舞蹈的形态。有的时候，田鹤仙画已毕，可是诗一直作不出来。碰到这种情况，田鹤仙也不急，他会去约朋友饮酒，或者去河边钓鱼，要不就是在家中喝喝茶、读读书，抚弄抚弄他收藏的、视为珍宝的石头。如此，或几个时辰，或一两日，诗也就成了。他回到已经画好了的瓷器旁边，在预留的空白处写上那首诗，然后挨着诗题上他的名。偶尔也会有这样的情况发生：他的心里有了一首诗，便把它写在纸上，然后琢磨着为这首诗画一幅画。如此画出来的梅花图，其枝干和花朵，就都是那首诗的题解，画面的情绪和节奏，都与诗歌里的情绪和节奏对应。

“日烘绛脸香尤吐，露洗红妆湿未干。岁宴孤山斜照水，行人误作杏花看。”“罗浮仙子饮流霞，醉倒孤山处士家。应是东风吹不醒，至今颜色似桃花。”“花神脱白到人间，枝北枝南锦作团。玉骨怕寒酣御酒，冰肌怯冷饵仁丹。”……田鹤仙写下的这些诗句，不仅相对精准地写出了梅花的精神，还显得高雅和喜庆，配上精神饱满、色彩如灼的梅花图，自然就得买家的喜欢。它们适合孝顺的儿女买来送给高寿的父母，做生意的买来添自家喜气，义结金兰的人送给砌起新居的朋友，做官的送给他们的上司。这也意味着，在瓷器上作诗，远不是读书人为表达心志的私下吟哦，而是首先要适当考虑买家的身份、买画的意图，创作的自由度自然要打几分折扣。从这个角度来说，作为一个在景德镇以画谋生的画师，写出一手让买家欢喜又契合画意、合乎对仗平仄又有作者胸臆的诗，以点缀画面、提升画质，并不是一件容易的事。

可是这难不倒田鹤仙。早年他由画竹石的徐仲南引荐成为珠山八友后期团体中的一员，为了让这个为外人称道的瓷艺群体完全满足市场需要，合作完成成堂的松竹梅，他听从同人们的建议从山水转画梅花。由此开始，田鹤仙就知道，他不仅要做一名优秀的梅花画师，同时也要成为一名一等一的梅花诗人。为画好梅花，田鹤仙这名前山水画师，这个表面谦和、内心严谨钻研的中年人，找来历史上出色的梅花画家的画稿，一遍遍地临摹，对元代梅花大师王冕的画更是悉心揣摩。他冬日经常出城，到荒野间、深山里去观察梅花的形态，一次次地对着梅花写生，即使全身弄得脏兮兮，冻得手都快要不听使唤，也不肯停歇。他逐渐形成了自己的梅花画法：双钩偏锋着笔写枝干；借鉴过去山水画中的皴法写梅；独创梅花弄影法，不画背景，只画花枝；画面多变化，老枝、粗枝、嫩枝错落有致，层次丰富；枝冷梅炽，让画面冷热相济、虚实相生；等等。他的梅花画，既喜庆热闹，为市场所喜欢，又独具精神、寄寓高远，成为深得煮石山农（王冕）胎息的一枝独秀、景德镇瓷画中的一绝。他亦成为珠山八友中后来居上的人物。

在学画梅花的同时，田鹤仙也在学习写梅花诗。田鹤仙是景德

粉彩梅花图瓷板　田鹤仙（1894-1952）

镇人人熟知的读书人。他在绘瓷之前，是景德镇税务局的职员，还是江西省瓷业公司教夜校的先生，干的是文化人的工作。田鹤仙的身上，自有一股读书人才有的文雅气质，举手投足之间散发出一股墨水味儿。拥有如此出身的人，自然就爱写诗作赋，对平仄押韵、五言七律当然不会陌生。后来田鹤仙画山水，自然也要开展写山水诗、为画作点题的训练。转画梅花后，田鹤仙知道，梅乃是画中最具诗意的生灵，每一幅好的梅花画，都需要一首完美的诗来配它。

田鹤仙不满足于过去的作诗水准，他搜集了几乎所有的梅花典故和梅花诗稿。琵琶曲《梅花三弄》是要时时听的，林和靖的梅花诗是要日日诵的，明代状元、江西人刘同升的一百首梅花诗是要找来读的。“驿外断桥边，寂寞开无主。已是黄昏独自愁，更著风和雨。无意苦争春，一任群芳妒。零落成泥碾作尘，只有香如故。”摇曳在陆游《卜算子·咏梅》中的，既是自然之梅，也是人格之梅。“君自故乡来，应知故乡事。来日绮窗前，寒梅着花未？”王维的梅，是游子思乡的引信。“众芳摇落独暄妍，占尽风情向小园。疏影横斜水清浅，暗香浮动月黄昏。”林逋的梅，风流入骨，倩影销魂。“墙角数枝梅，凌寒独自开。遥知不是雪，为有暗香来。”王荆公的梅，是花中君子、雪中香妃……

在系统的学习中，田鹤仙逐渐掌握了梅花的体态、气质和精神。经过长期的训练，他画梅花与写梅花诗已经驾轻就熟。每次画完梅花，并不需要多少工夫，他就可以在空白处写出一首合乎韵律、用典适宜、与画面相得益彰的诗来。他有时将季节时令入诗，如在一幅瓷板梅花图中，他题曰：“应是东风吹不醒，至今颜色似杏花。”有时他从梅花的形貌入手，其“轻施粉黛浅施脂”粉彩瓷板画，画面中两梅树昂首向天，红花鲜艳有神，其后一梅树淡影相衬，他题诗：“轻施粉黛浅施脂，写出清奇绝世姿。仙子本无真色相，淡妆浓抹两俱宜。”有时他用诗句捕捉梅花神韵，如“罗浮仙子伴昏黄”双蝠耳瓷瓶，一硕大梅树从瓶足至瓶颈展开繁枝，花朵与花蕾密布全树，画面火焰灼灼，他题诗曰：“罗浮仙子伴昏黄，江南春风别有香。疑是和靖吹不醒，至今为君梦霓裳。”有时他以诗刻写梅花精神，如其“时将雄吼唤梅花”粉彩瓷板画，上有远山淡影，松丛掩亭，下为山脚边梅树篁竹环抱瓦屋。石山腰部，虬松与盘山曲径悬挂。河岸横桥，主仆踏桥而行。桥头两棵梅树，梅花如灯火绚烂。诗曰：“白云深处雁行斜，水瘦山癯客路赊。翠竹苍松寒更劲，时将雄吼唤梅花。”

田鹤仙的瓷上梅花在景德镇越来越繁茂、绚烂。田鹤仙“珠山一枝梅”的名号越传越远。来自安徽、上海、湖广等地的求购者络

珐琅彩瓷碗上的题诗

绎不绝。没有了衣食之忧、生存之累，田鹤仙画得越来越从容、自如。他有时会毫不顾及订画者的喜好、身份，不拘泥于前人画梅的传统，而是让梅花从他的心底攀爬生长。他的笔下，越来越接近自己心境的表达、精神的自喻。瓷上之梅，也是他胸中之梅。他是个读书人，熟读经史诗文，画画之余，爱钓鱼、种花、养鸟、玩石、饮酒。这些读书人才有的趣味滋养着他的性情，他笔下的梅花，自然就是一副腹有诗书气自华的风流劲、文化味。当时国家多难，一会儿军阀混战，一会儿日本侵略，内忧外患不断，百姓苦不堪言，他这个读书人，自然就比别人多一些担心。他的梅花图，就有了弱国国民的忧愤和读书人的呐喊。他有与众不同的身世：少年时寄居在岳父家，从小就有他人屋檐下的无措感。与结发妻子无共同语言，婚姻不幸。离婚后与景德镇的一位情意相投的同龄女子同居，为当地亲友和文友们所不能理解。他表面就像一尊胖乎乎的弥勒佛，可他的内心，积压了太多不可与人道的孤独、苦闷。他的梅花，自然就有了立于风雪中，不为世俗所容的清高、孤傲。他会经常把自己当作画中的一枝老梅，老干横斜，瘦傲天然。朵朵梅花，皆是他的精血；根根梅枝，都是他的骨头。他写诗，借用梅花诗抒发自己的心志，表达自己的胸襟。他写道：“翠竹寒梅喜并枝，梅花正发竹枝垂。美人君子情偏洽，何事吾人少故知。”“梅本三山客，游从五岳还。挥毫鹿挺角，点墨豹留斑。”“何人物外寄清孤，放鹤亭前雪满株。此日行经湖下路，西风回首忆林逋。”……

众所周知，在景德镇，能在瓷上画上三五笔的，都有在画面空白处吟诗题款的本领。他们天天在瓷上描绘高山流水、花鸟虫鱼、人物动态，内心自然就会涌动着对这花团锦簇、重峦叠嶂的美好世界的浓郁爱意和诗意。他们长期浸淫于瓷上诗画合一的传统之中，看惯了瓷上的配诗，早就对讲究平仄对仗的诗技熟稔于心。同行间不仅经常切磋画技，也切磋诗艺。他们小心翼翼地把自己的心声以诗歌的形式书写在笔洗、梅瓶、壶、盘、蒜头瓶、笔架、镇纸、瓷板的空白处——对景德镇的画师们来说，那青花彩绘故意留白的瓷面，是可能比洒金宣、甲骨、竹简还要珍贵的版面，也是他们表面不动声色、暗地比试较劲的竞技场。那烧制后洁净而闪亮的釉光，让他们的书写产生了无比动人的装饰效果。他们相信，瓷器是远比宣纸、建筑物更加结实、更加接近永恒的艺术载体，也更容易被拥有的人所珍视，他们的描绘与书写，将会因此获得抵抗时间的力量，成为大地上永不磨灭的印迹。这种种原因，让活跃在景德镇的那些籍籍无名或闻名遐迩的画师们，不仅把自己当作张择端、顾闳中、黄公望、倪瓒、王蒙等历代中国画名家的隔世弟子，也认同自己是陶渊明、李白、杜甫、孟浩然、苏东坡、黄庭坚等人的诗歌后裔。他们对诗歌创作的重视程度，一点不比对如何在这瓷面上谋篇布局、浓墨重彩的重视程度少。景德镇一年生产的诗歌作品，可能会比一本《全唐诗》中收录的唐诗总数还多。

从景德镇受宋真宗赐名以来，不可能有人怀疑这样一个事实：景德镇这座古老的风靡全世界的瓷器之城，同时也是一座吟哦之声此起彼伏的诗歌之城。

藏家：高安的元青花

壹：窖穴

入冬以来，考古人刘研究员的眼皮一直跳个不停。开始他并没有在意。偶尔在街头向正经过的熟悉的医生问起，医生大多以疲劳所致敷衍搪塞，嘱他近期少看书，清淡饮食，某种眼药水或许可缓解。刘研究员听了医嘱，书看得少些了，可一点也不济事。也有人说是入冬天气干燥，眼睛干涩引发眼肌肉紧张，需每日热毛巾敷患处数次云云；或说自古云“左眼跳财，右眼跳灾”，这是大事将临的预兆，好事坏事全凭天意，近期需多加小心，酒到七分即止，夜到子时要眠，话不多说，因为祸从口出，怒要强忍，因为伤人害己。听的意见多了，刘研究员干脆一概不理会，该干吗干吗去，任那眼皮像疯子一样跳动不息。

然而大事将临的说法或许不虚。1980年11月29日下午，刘研究员正在博物馆整理一个月前从一座西晋古墓里出土的几件文物，高安城锦江河畔第二电机厂扩建施工现场传出挖出窖穴、不明身份的坛坛罐罐挤作一团的消息。从第二电机厂打来的电话声音急促，仿佛他们的工地上挖到的不是窖穴，而是从地底下蹿出了一只白额吊睛的老虎，而刘研究员所在的博物馆就是专业的降龙伏虎机构，他这个从事文物研究的专家就是经验丰富的打虎队队长。

发现窖穴的电话并没有得到刘研究员的热烈回应。那只隐藏在打电话人声音里的老虎，到了刘研究员那儿立即转换为一只无家可归的野猫。一个窖穴被发现了，这没什么大不了的。根据经验，刘研究员以为又是前朝哪个小地主可怜的地下储藏室曝了光，电话里的人说的坛坛罐罐，不过是主人无意掩藏生前早已忘记的家用瓷件。如此年份不长、藏品粗鄙的窖穴在南方大地下比比皆是。刘研究员

高安元青花发掘现场还原图

所在的博物馆每年都要接到多起挖到窖穴的电话，可每次他们兴冲冲赶到现场，结果不是几个化成了水、气味难闻、令人作呕的酸菜坛子，就是几个早被喝得精光的酒瓮、空空如也的水缸，让刘研究员和他的同事们哭笑不得、尴尬不已。

具有文物价值的东西，其实在墓穴里。这不仅是刘研究员，而且是高安普通的老百姓都知道的事。秦兵马俑、马王堆、曾侯乙墓……这些著名的考古发现，都是死神守护下意义重大的存在。在中国，自古以来，死是尊贵的。死被附加了太多的意义，死是永恒和重生。对人一生的评判、对子孙庇护的期许、对死者未来世界的安置，都发生于死亡降临之时。死包含了哲学、伦理学、人类学、宗教学和史学。死是一个巨大而精密的体系，从葬礼、墓形、风水都有严格的规定。——墓穴在中国从来都是随葬品丰富的地下宫殿，是文物的天堂。几乎每个王者都会在墓穴里装进一个王国，即使是穷人也会在墓穴里搁几件像样的东西，作为去另一个世界的盘缠。那些物件，经过时间的发酵，一旦开启，就会成为历史对人类巨大的馈赠，成为人类触摸历史的索引。

只有墓穴，才会有真正的虎啸龙吟，真正的祥云紫气，真正的金玉满堂。而窖穴，不过是南方农民用来储藏粮食（红薯、大豆和稻谷），放置酒器、农具的地下室，是堆满醉酒男主人梦呓和女主人怨气的庸常世俗空间，遗存的只会是鸡犬之鸣、蛇行鼠窜之迹，如何值得刘研究员着急上紧？

直到足足喝了两壶茶，刘研究员才起身前往窖穴现场。博物馆离窖穴才两里地远，可刘研究员走了足足有半个钟头。时是冬日，阳光却好，刘研究员背着手走着，他感觉自己不是赶赴一个工作现场，而是去两里地的郊外做一次假日短程旅行。半路上，他甚至忘记了此行的目的（窖穴出土的消息对他来说真的不足挂齿），像一个无所事事者那样饶有兴趣地哼上了本地流行已久的采茶戏小调——他终于慢慢吞吞地来到了锦江河畔的施工现场。他看到现场一片狼藉：一块原本适合牛羊偃卧的旷野被挖得坑坑洼洼，到处是地底下翻上来的新土，仿佛大地上蠕动着巨大的蚯蚓。一切看起来毫无秩序可言，丝毫不能给人们重器藏身的暗示。他不禁皱了皱眉头：没有藏风聚气的风貌，没有左青龙、右白虎、中明堂、水流曲折、外洋宽阔能容万马的地势。这样一个毫无风水讲究的荒野，怎么可能是如墓穴那样隐埋了重要文物的福地？

然而当他分开人群看到被挖开了口子的窖穴时，他隐隐感到这一窖穴与往日所见并不相同。它离地面有一人深，午后的阳光无法探到底，那些平常的怨气和梦呓根本无法入此穴中。窖口影影绰绰，似有历史的幽灵在徘徊。这样的深度值得探究，有史可鉴，如震惊

釉里红高足杯　元
高安元青花博物馆藏

青花云龙纹荷叶盖罐　元
高安元青花博物馆藏

青花云龙纹兽耳衔环盖罐　元
高安元青花博物馆藏

中外的秦兵马俑离地表的距离也只有两米。他看到从地表到窖穴口之间有残存的地基横穿而过，显示若干年前此地曾有人居住，说不定这里曾是古老的高安城热闹的村寨或郊区。可那地基并没有打搅窖穴的长眠，这表明窖穴早于废弃的地基而存在。他看到窖口到处是碎瓷片、锡皮残片。碎瓷片乃是民工不慎损坏的窖藏之物，而那四处散落的在阳光下反射出可疑光芒的锡皮残片，是他从事文博考古发掘十余年来的字典里从没有的东西。

刘研究员感觉自己置身于古老旷野。那距地表近两米、大小一米见方的窖穴，远不是一只无家可归的“野猫”，而是从来以荒野为家、气度非凡的“大虫”。它披着锡皮的披风，以偃卧于永恒的黑暗为荣。他感觉到了它被打搅的恼怒，正在阴影中咻咻喘气。他感觉它恨不得重新回到黑暗里去，仿佛那亘古的黑夜才是它的故乡。他看到了它的花纹——那瓷片上隐约的青花就是它的文身。他感到它有不同于寻常窖穴的严谨秩序，就像虎豹在自己的领地里有着与鸡犬猪鼠不一样的森然法度。窖穴里摆满了瓷器。那些瓷器分别按瓶罐盘碗进行了分类放置。薄胎的小件器物则放在了大型的罐里。这显然是经过了精密的计算，暗示了主人非同寻常的学养和身份。这满满一窖穴身份莫明、貌似尊贵的瓷器，来源于哪朝哪代，有着怎样的故事？面对这样一只来路不明的“老虎”，要采取怎样的办法才能降伏它？

刘研究员连忙指挥闻讯赶来的同事们进行发掘。那窖穴里的东西似乎无穷无尽，刘研究员和他的同事们从太阳落山到第二天凌晨整整工作了一夜。这丰富的窖藏让他们疲惫不堪又兴奋不已，因为他们自从事文博工作以来，从来没有过数量如此巨大的收获。刘研究员不断地提醒同事们小心再小心，下镐要轻，手脚要稳，严防遗

青花牡丹纹带盖梅瓶　元
高安元青花博物馆藏

青花云龙纹带盖梅瓶　元
高安元青花博物馆藏

漏。他的语气让同事们觉得他的内心已经是大敌当前、严阵以待。他根本不像是一个有着丰富经验的打虎英雄，而是一个尽心尽责的动物园猫科动物饲养员。他不再是平常那个不紧不慢、仙风道骨的长者，而是一个失了分寸、有几分啰唆的老者——这是在多次墓穴发掘中都没有的事情。夜更深，他们点灯继续发掘。刘研究员看着远方的大地如同黑漆，他疑心茫茫黑夜中的大地，何尝不是一个巨大的窖穴，山川河流、草木禽兽、水月镜花皆是它的怀抱之物，是它的秘密宝藏。

天越来越亮了。窖穴发掘现场一片白霜。发掘已毕，刘研究员指挥同事们把六箩筐出土的东西挑回博物馆。而此刻一片凌乱的施工现场已被白霜覆盖，那黑漆漆的洞口经过发掘早已看不出原形。那只黑暗中的“老虎”已经遁形。那白霜皑皑的荒野仿佛一座时间的迷宫，没有人知道有多少往昔的爱恨荣辱藏身其中。

悬在天空的启明星依然闪烁不已。它或许洞察了时间深处的秘密，可它守口如瓶，从来不置一词。

——它是不是历史向着未来凝视的一只眼睛？

贰：象耳瓶

回到博物馆，刘研究员清点了窖藏物品的种类和数量，得到了一份十分详细的清单：景德镇窑瓷六十八件，其中青花瓷器十九件，釉里红瓷器四件，青白釉、卵白釉瓷器四十五件；龙泉窑青瓷一百六十八件；钧窑瓷三件；磁州窑瓷一件；铜器四件，其中铜匜一件、铜龙耳双环壶二件；铁器二件，其中铁勺一件、铁罐一件。

刘研究员明白，摆在面前最急迫的问题，是要弄清楚这些来自大地深处物品的身份，尽早确定它们的价值。如果它们是明代、清代的官窑之物，那就会是一笔不菲的财富，值得作为课题好好研究，作为馆藏之物对外展示；如果他们仅是古代民窑出产的物件，是古代无名瓷匠敝帚自珍、刻意隐藏的作品，那就很有可能再次深藏于博物馆的库房中。刘研究员盯着六个箩筐里的物体，止不住地想：陈列于博物馆供百姓参观，放到库房保管，哪一种命运更适合它们？

刘研究员决定从景德镇瓷——主要是那十九件青花瓷和四件釉里红瓷——入手。因为青花乃是东方瓷器艺术之都景德镇的标识，而景德镇离他们所在的高安大约两百里路远，作为文物工作者，他们对景德镇瓷的了解要比其他藏品多一些，断代也许会更容易一些。

他们首先给这数十件脏兮兮的景德镇瓷洗澡，用清水清理它们表面的泥土、污迹。经过清洗，那些天知道在黑暗中沉睡了多少日子的物件开始露出本来的品貌和秉性：那二十多件青花瓷和釉里红瓷的身上都绘着精美异常的青花云龙纹、缠枝牡丹纹、莲花瓣纹、蕉叶纹。它们的形状，分别有梅瓶、高足杯、兽耳盖罐、觚，看起来个个都有非同一般的血统，远不是寻常百姓家的菜盘子、酒罐子——六件青花带盖梅瓶是其中的高个子，它们小口，束颈，丰肩，美丽惊人，是他们见过的形状最为典雅高贵的梅瓶，适合放在古代官宦之家、饱学之士的高堂前几案上。梅瓶器盖内壁露胎处和底部分别书有“礼”“乐”“射”“御”“书”“数”六字——主人把《周礼》中的“六艺”名称刻写其上，是要表达怎样的心意？怎样的解读，才能破译这一简单却意味深长的暗号？那直口、溜肩、矮圈足型的云龙鱼纹青花罐的盖子的造型，仿佛一片漂在水上的荷叶，那是对自然的模仿技艺，透露出制造者超常的制作水平和主人非同一

青花字纹高足杯（杯底）元　高安元青花博物馆藏

般的趣味。有一个高足杯杯底用草书写了“人生百年长在醉，算来三万六千场”，只有沙场舔血的英雄、四海为家的游吟诗人才有如此豪迈的胸襟，哪里可能出自市井人物、寻常角色的口中！草书法度森然，却又狂放不羁，兼有了庙堂与江湖的美学认知。

那些窖藏之物终于从长久的沉睡中醒来，一个个打着哈欠，睁开了惺忪的眼睛。它们身上的花朵，也全都舒展开了花瓣。整座灰头土脸的博物馆顿时变成了一座花园，有了花团锦簇、花香扑鼻的错觉。它们的蓝彩绚烂多姿，仿佛是经过长久黑暗的擦拭变得更加锃亮。它们的釉色，仿佛裹挟了古诗里珍藏的不朽月光。

刘研究员等立即钻入浩如烟海的资料中寻找线索。他们用放大镜对着这些瓷器看了又看，在堆满资料的办公桌中翻了又翻。作为一个县级博物馆，他们能够找到的资料、能够使用的技术手段实在太过简陋，有段时间他们几乎像无头的苍蝇——直到有一天，他们在一本专业书上看到一对瓶子的身影。

那是一对青花云龙纹象耳瓶。它们出产于世界闻名的青花之都景德镇。它们的样子高大魁伟：盘口，长颈，瘦腹，台足，颈部两侧各附一象首环耳。它们胎质洁白，釉色透明，青花色泽靓丽浓艳。它们身上的纹饰繁而不乱，从瓶口至底部共绘八道纹饰，分别为缠枝菊花、蕉叶、云凤、缠枝莲、海水云龙、海涛、缠枝牡丹以及杂宝莲瓣。颈部的蕉叶纹之间书有纪年铭文，是它们的身份证明。铭文曰："信州路玉山县顺城乡德教里荆塘社奉圣弟子张文进，喜舍香炉花瓶一副，祈保合家清吉、子女平安。至正十一年四月良辰谨记。星源祖殿胡净一元帅打供。"——这一对瓶子从器形、胎质、纹饰和铭文都指向中国历史上一个短暂却不可一世的朝代：元朝。

这一对青花云龙纹象耳瓶有着传奇一般的经历。它们在元朝至正十一年（1351）四月由一个叫张文进的信客委托制作并供奉在名叫星源祖殿的寺庙里，并没有随着元代的灭亡而破碎，也没有随着星源祖殿的消失而消失（至今已难以找到一个名为星源祖殿的寺院殿堂），而是出现在北京，1929年被闽籍华侨吴赍熙偷运到伦敦，辗转被英国人帕西瓦尔·戴维收藏。美国波普博士以此瓶为依据，对照伊朗阿特别尔寺及土耳其伊斯坦布尔托普卡比宫博物馆所藏元青花进行对比研究，出版了两本研究专著，将这一对象耳瓶指认为元青花的标准件，把景德镇在十四世纪生产的与之相似的成熟青花器，都称作"至正型"产品。

象耳瓶仿佛流落在异国他乡的前朝王族，怀着祖辈授予的秘密使命，以文身为宗族徽章，召唤全天下的元代青花子孙前去滴血认亲。刘研究员与他的同事精心比对这对元青花瓷瓶，发现和高安出土的部分青花瓷器的纹饰特征、气质并无二致，釉色也是蓝彩清艳，器形看起来俨然是一母所生的同胞兄弟。"人生百年长在醉，算来三万六千场"，完全是马背上赢取天下的蒙古民族不可一世的内心独

青花云龙纹象耳瓶　元
英国伦敦大英博物馆戴维基金会藏

白。那些外形威风凛凛的瓷器与成吉思汗子孙们世界一统的气势一脉相承。他们初步断定这十九件青花瓷器为元青花。

刘研究员清楚地知道，他们将这些青花瓷器断代为元青花不是一件小事。因为元朝从立朝到灭亡只有短短九十七年，青花生产时间据考证大概只有二十几年，元青花存世的数量不足三百件。谁拥有一件元青花，那都是光耀世界的事情，土耳其伊斯坦布尔托普卡比宫博物馆拥有元青花四十件，伊朗德黑兰国家博物馆拥有元青花二十八件，它们因此跻身全世界最著名的博物馆行列。如果这些青花确实为元青花，那小小的高安将因这些瓷器而举世闻名。而如果他们的考证不实，那在考古界将是一件笑掉大牙的事情。他们知道唯有小心谨慎，才能避免误判。

刘研究员继续对这些青花瓷器展开更深入的研究。他们根据这些瓷器厚壁，浅足，砂底胎质，有火石红斑，釉色白里泛青、莹润光洁，采用的是进口的苏麻离青钴料，纹饰构图严谨繁密、层次丰富、气势磅礴等特点，断定它们是青花工艺相对成熟的元代晚期至正年间的东西，为景德镇烧瓷历史最为悠久、工艺最为精湛的名窑湖田窑的制品。出身名门，又产自青花工艺最为成熟的至正年间，高安这批由一个普通的窖穴里偶然出土的青花瓷，乃是世界上最为完美的元青花！

…………

又是一个凌晨。刘研究员整夜没睡却依然毫无倦意。他窗前的书桌上堆满了关于瓷器的书籍。他揉了揉眼睛，发现眼皮早已不再抽风似地跳动，他想“眼皮跳，大事到”的说法果然不虚。他从窗子往外看去，天空已经出现了鱼肚白，由于一直沉浸在瓷器的语境中，他觉得天空鱼肚白的颜色仿佛是那元青花的白釉，而涌现的一抹红霞，与这批瓷器中的一件无比珍贵的釉里红高足转杯上的红釉十分相似。高安这座小城，此刻正徐徐醒来，谁家养的鸡叫过三遍了，不远处的街道上隐隐听见早起人的脚步声。这样的早晨与往日并无区别，但刘研究员知道，随着这批元青花的出土，高安已经不是原来那个籍籍无名的高安了。它被注入了新的灵魂，拥有了新的非同凡响的气质。不久的将来，它将因作为这批元青花的出土地而为全世界所关注。在元青花收藏方面，元青花的故乡中国终得以与土耳其、伊朗这些国家平起平坐。人们将纷纷涌向这里，以向这批元青花投去深情一瞥为荣。想到这里，刘研究员不禁又唱上了。

叁：古籍

来自全国的六十多位文物考古专家亲赴高安鉴定，高安出土的青花瓷器系元青花无疑，刘研究员和他的同事做的结论完全正确。而且比起土耳其、伊朗博物馆的元青花，高安出土的元青花造型奇特世界罕见，纹饰题材广泛优美，完整无损的大器较多。高安元青花收藏中国第一、天下第三的地位由此确立。各种采访、报道纷至沓来，让刘研究员他们应接不暇。这当然是一件让人高兴的事儿，可刘研究员却有些怅然若失。因为据刘研究员多年研究所得，在江西省会南昌市西南三十五公里处的高安虽然历史悠久，汉高祖六年（前201）就开始建县，但地处偏远（江西中部偏西北）；机缘不巧，虽然做过很长时间的瑞州府驻地，但没有做过哪怕蕞尔小国的都城，亦非国家重大历史事件中心地，同时也没有出过类似于沈万三、胡雪岩这样的巨贾豪门（高安最有名望的人乃清康、雍、乾三代名臣，乾隆的老师朱轼，是个口袋里没几两银子的清官），理论上并没有稀世珍宝聚集出现的可能性。那么，是谁因何种机缘把这些瓷器掩埋在此，是哪位先人给了高安这么巨大的一笔财富，一笔无与伦比的遗产？

刘研究员唯有向浩如烟海的古籍中寻找答案。他找来几乎所有与高安历史、元青花相关的古籍，《元史》《高安县志》《瑞州府志》《江西通志》肯定是必备之物，那些高安地方史书，如家谱、族谱等也必须搜集到手，有关高安历史名人的著述、传略也不能忽视。那些厚薄不一的古籍在刘研究员的办公桌上堆积如山，他都不知道该把茶杯往哪儿搁了。

必须找到一条上山的路，必须从这些古籍中摸索出窖藏主人的蛛丝马迹。刘研究员每日埋首其中。他翻阅着这些古籍，就像一个翻箱倒柜的人。那些古籍因在时间的长河中浸淫日久，在刘研究员的指间发出“簌簌”的声音。刘研究员总感觉古籍中有一条蛇，顺着自己的阅读在字里行间逶迤而行。它是探路者，也是引导者。刘研究员相信，有它的引导，自己一定会找到那埋藏了秘密的洞穴的洞口，找到隐藏在古籍酱色阴影深处的元青花主人的踪迹。

刘研究员开始从“五爪龙”这一特殊象征物入手。它是这批窖藏瓷器中九件高足杯上的图案。刘研究员从《元史》中查到五爪龙图案使用的有关规定。据《元史·顺帝本纪二》记载，至元二年（1336）夏四月丁亥，朝廷颁布禁令：“禁服麒麟、鸾凤、白兔、灵芝、双角五爪龙、八龙、九龙、万寿、福寿字、赭黄等服。”禁止民间使用五爪龙器物。这意味着，这批窖藏之物远非民间寻常人家所能拥有，它们来源于官府或皇宫。它们的主人，必须是当时的上层权贵人物或在皇宫为官的士大夫。

刘研究员疑心窖藏主人有可能是元代监治瑞州的最高长官“达

鲁花赤”。清同治《瑞州府志·卷七·秩官志》载：瑞州路、府、州、县均设“达鲁花赤”（汉语为“掌印者”）一职，由蒙古人出任，位于当地官员之上，为地方军事、行政最后的裁定者。刘研究员通过查阅《瑞州府志》得知，至正年间，担任过瑞州路达鲁花赤一职的蒙古人分别为赤讨里、帖里答赤工、八扎帖木儿三位。这些生活在汉人中间的蒙古人，依然保留着他们民族的审美习惯，把蓝天白云当作最高的美学范本之一，景德镇生产的白底蓝花瓷器自然为他们所推崇。蒙古人出于统治的需要，大量吸收汉文化的精髓，不遗余力地促进蒙汉文化的相互交流，这些担任地方达鲁花赤的蒙古人，通过在梅瓶底部书写《周礼》“六艺”礼、乐、射、御、书、数，来显示自己对汉文化的喜爱程度和学习热情，是并不让人感到意外的事情。

可是刘研究员又推翻了自己的猜测。因为这批数量巨大的窖藏物，特别是二十多件元青花、釉里红瓷器，任何一件在元代也是价格昂贵的奢侈品，作为地方长官的达鲁花赤，很难有这样的购买力。而且除了景德镇瓷，还有龙泉窑青瓷一百六十八件、钧窑瓷三件、磁州窑瓷一件，它们都是元代的名窑珍瓷。一个地方行政长官达鲁花赤，怎么可能拥有如此丰富、来自全国不同产地的藏品？唯有拥有五爪龙使用权、财力巨大的朝廷重臣或皇亲国戚才有资格成为它们的主人。

刘研究员进一步向着由古籍构成的山巅迈进。那条簌簌作响的小蛇在引导他，它摇头摆尾，游移不定，一会儿在低洼的草丛里停留，一会儿又爬到树上作眺望状。终于，它紧紧缠绕在名叫伍先辅、伍良臣的这对父子的别枝之上，即使枝条因不堪重负抖动不已也不肯松开。

明正德《瑞州府志·人物志》记载有：伍先辅，字兴甫，号乐泉，元驸马都尉，高安上泉伍家村人。延祐三年（1316），从元大都调任湖北松滋路总管府的民户总管，提赈饥贫，捐俸助办白水书院。时从事商业运输，获利甚多，遂于家乡兴办福利事业。

元泰定三年（1326）奉旨撰写的《驸马都尉伍公乐泉形状》和《承直郎驸马都尉伍公乐泉墓志碑铭并序》所载："（先辅）古仁侠风散千万金市义……至上泉乙丑（1325年，作者注）秋疾作，九月二十四日酉时卒于正寝。寿享六十。"

清同治《高安县志·封爵》卷三十三记载说：伍先辅的先人伍天富，以曾孙先辅赠承直郎、松滋路总管；伍文贵，以孙先辅赠承直郎、松滋路总管；伍大贤，以子先辅赠承直郎、松滋路总管。

清同治《高安县志·人物志》记载："伍良臣，字云从，元驸马都尉兴甫之子。尘视富贵，致力经籍。为诗文畅达清润。壮游京师道，不谐于俗。后辟为临江经历，八十日即弃去。时元社将屋，识者谓其凤翔千仞，希踪古之明哲，所著有《中流一壶集》行世。"

伍先辅在元代为驸马都尉，为皇室近侍官，还从事过商业运输这样获利甚多的工作，具有购买全国名窑珍瓷的实力、使用五爪龙瓷器的权力，运输业能通行四海，自然就有了收集全国名瓷的方便。

伍先辅死于1325年。三十多年后"元社将屋"（元朝即将灭亡），他的儿子伍良臣辞官返回故里，有可能就一路携带着他们父子多年积攒的这批宝贝。

伍良臣"尘视富贵，致力经籍。为诗文畅达清润。壮游京师道，不谐于俗。后辟为临江经历，八十日即弃去"。伍良臣崇尚《周礼》，这批窖藏出土的六件梅瓶，瓶盖壁内与器底内所墨书《周礼》"六艺"礼、乐、射、御、书、数，与伍良臣的伦理思想正好吻合。

伍先辅、伍良臣父子是高安城区锦江南岸上泉伍家村人。至今该村犹在，已为城区范围。而在清代以前，伍家村就在窖藏地附近。而在元代，这一带除了伍先辅家族为名门望族、皇亲国戚、富有豪门，再也没有他人了。

如果伍先辅、伍良臣确实为这窖藏主人，如果伍良臣是伍先辅死后窖藏的真正实施者，那为何他要将宝物埋于窖中？刘研究员进一步从古籍中找到了当时高安城可能迫使伍良臣埋宝物于地下的原因——

伍良臣所著《中流一壶集》记：“（伍良臣）以言不侔时，相数求罢去，遁去东湖，将以白道以属。”“江淮骚动，继以南北路断，惟海道可通，朝廷艰险为甚，（伍良臣）欲效微忠而不可得。至正戊戌（1358），江西城破……独携扶数口，东走南昌剑邑（今江西丰城）之魏亭，颠沛流离，风景殊异矣……”

《高安县志·兵防志》载：“至正十八年（1358）陈友谅遣王奉国陷瑞州路。”

——战乱频仍，东躲西藏的伍先辅父子收藏的大批珍贵易碎名瓷无法随从，伍良臣便将其埋入便于记忆的圩堤旁，待局面稳定再做打算。可他们哪里知道，时局动荡，他不得不东躲西藏，以躲避随时到来的伤害。可是他的运气并不是很好。终于有一天，他从历史中消失，从此下落不明……

刘研究员合上古籍，拿起搁在远处的茶杯。此刻阳光正透过窗子照在窗前堆积如山的古籍之上。那阳光晃得人眼花缭乱。恍惚间，刘研究员似乎看到伍良臣趁着夜色，赶着装了宝物的马车偷偷出了京城，奔向千里之外的高安故里，为如何保护宝物绞尽脑汁。阳光在窗前，宛如一条亘古的道路，刘研究员似乎看到伍良臣背着逃亡的行囊，正从天边沿着阳光的道路向着他走来……

肆：故乡

至正末年的某个夜晚，在高安城区锦江南岸上泉伍家村伍氏庄园里，伍良臣又一次梦见了狼群。它们似笑非笑，目光阴冷，在他身前身后穿梭往来，仿佛演练着古老的阵法。而伍良臣两手空空，无比惊惧地暴露在一望无际的草原之上，仿佛一只任人宰割的羔羊。当狼群集体向着无处可逃的他露出了白森森的牙齿，伍良臣醒了过来。那草原上游荡的宛如鬼火的绿眼睛似乎依然在对他眈视，伍良臣全身都湿透了。

一段时间以来，在自己的故乡，伍良臣反复梦见狼群。他不知道上天借着这梦要给他什么样的启示——草原和狼群，是时局的暗示，还是来自他的血脉源头的警告？他的体内流着草原上蒙古族的血液。他是元世祖忽必烈的亲外甥，忽必烈幼女、成宗皇帝妹妹仙娥公主的三儿子。他是肥马轻裘的公子哥，是正宗的皇亲国戚，是享受浩荡皇恩和世人尊敬的官家子弟。他这样的身份，应该被草原视如己出，被狼群视为亲友，梦里怎么会在一望无际的母亲般的草原上遭受狼群的围困、死亡的威胁？

可是他还是中国南方高安城一个叫伍家村的村庄的血脉。他的父亲，掌管京城卫戍大权的驸马都尉伍先辅，人们印象里满口南方口音的将军，是喝着伍家村井水长大的不折不扣的汉人。伍良臣的身上流着蒙古人的血，可他更是汉人的子孙。半蒙半汉的身份，让他长期陷入尴尬的境地。

他被汉人认定为与蒙古人、色目人平起平坐的上等人。熟悉他身份的汉人都对他怀着敬仰，在他经过时对他施以相当高的礼仪。而他无法走入他们中间，他们窃窃私语时，如果他走近，他们必会集体沉默，脸上立即换上巴结讨好的笑意，因为人们认为他是蒙古人的后裔。而在蒙古人的眼里，他是个汉人，他无法进入他们主导的世界中心。他渴望建功立业、报效国家，可是他们并不给他足够的机遇。他又不肯屈尊，巴结讨好，改改他的执拗清高的性格，向蒙古人低下他这颗骄傲的头颅。结果他当然为蒙古人所不容，人到中年只做了临江经历一类的从九品小官。即使这样，他还是遭到了羞辱。至正十三年冬，江西行中书省右丞火尼赤视察临江路，从一群下级官员中认出了他这个潦倒的皇亲，没来由地对他严加斥责，言语中充满了贬损与轻慢。他实在受不了这窝囊气，一气之下，在任仅八十天，即学几百年前的江西同乡陶渊明，弃官归去，隐居在南昌东湖一带，偶尔也回到自己的老家高安伍家村住住。

在现实中进退维谷的伍良臣致力于在诗文中寻找精神上的桃花源。他热衷于研究经史子集。那蒙古人眼中无比枯燥的古代汉文化经典，对他来说是比美酒还醇香的佳酿。他热爱诗歌，他热爱屈原、陶渊明、李白、杜甫、王维、苏东坡。比起蒙古典籍中被他的母族奉为至尊的那些他大多记不起名字的先祖，他更愿意把这些古代诗人当作自己的祖先。他热爱中国古代诗歌记录的一切美好的事物，比如雪、月亮、梅花、深山里的鹧鸪、烟雨中的楼台。它们远比遥远草原上的帐篷和马奶酒、弓箭和马匹更让他觉得亲切有趣。他爱写诗，他的诗歌畅达清润，让人想起苏东坡与辛弃疾。他将自己的诗歌结集，名曰《中流一壶集》。他喜欢结交天下奇士，比如诗人、僧侣、侠客、饮者。他与他们游玩于京城，吟咏于春风，举杯于旷野。他曾经是京师有名的公子，京城风尚的引领者，文明的风向标。在人们的眼里，他浪漫不羁，风流倜傥，人们纷纷把他比作三国时期月光下跑马的曹子建，或者唐初稍稍沉吟就可以写出《滕王阁序》的王子安。而他自己，或许更愿意成为那个梦见蝴蝶的庄周。

他还喜欢瓷器。他反复把玩宫廷赐用的元青花和釉里红瓷，还有父亲在湖北松滋路总管府民户总管任上和从事商业运输时重金购买的龙泉青瓷、钧窑瓷、磁州窑瓷。它们完美无瑕、沉谧安静。它们的器形、色彩、图案构成了一个丰饶的美的世界，足以让他忘记现实之远近。那摇曳的青花让他感到了夏日星空下的宁静和安详。那龙泉窑的青瓷仿佛是春天与流水泡制的，釉里红瓷上的红釉说不定是用晚霞烧制的，那青白釉瓷的釉色就像是牛奶洗过的早晨一样清新、滑腻！他经常把自己关在收藏瓷器的屋子里，让自己与瓷器独处。他愿意在瓷上留下自己的印记。有一天他顺手在其中的六个梅瓶的盖内壁露胎处和底部写下了“礼、乐、射、御、书、数”六字。那是《周礼》中强调的“六艺”，是他崇尚的君子之道，也是中国汉文化的精髓所在。他把它们书写在瓷的隐秘处，这样一来，他喜欢的瓷和汉文化经典就合二为一了。

伍良臣在诗歌经籍与瓷器中找到了自己的桃花源。他有了一个属于自己的精神彼岸。那里花开如盏，草木芬芳，月色如水。有了这样的精神彼岸，伍良臣的内心因此获得了充沛的力量，现实中由于特殊身份产生的种种尴尬，他都可以从容面对了。

可是局势越来越不好。汉人的反抗让庞大而虚弱的元朝变得摇摇欲坠，原以为铜墙铁壁般的江山开始像锡一样迅速熔化，各种不知真假的坏消息纷至沓来。那些曾经自以为高人一等的蒙古人、色目人的眼神里充满了惊慌失措的神色。伍良臣索性领着家眷辞了京城，告别了官场，一路舟车劳顿，回到了江西，回到了故乡的土地上。

他经常在江西临江、南昌、丰城、高安一带出没。他养花，下棋，操琴，写诗，阅读古卷……满以为自己可以扮演那个几百年前的乡党陶渊明，在故乡土地上种菊、饮酒，不问世事。他们有许多的相同之处：出身名门，厌弃官场，爱写诗，爱饮酒。他甚至认为陶渊明就是自己的前世。那一朵西晋南山下的旷野之菊，也是他的心中之菊。陶渊明的诗，句句贴他的心！恍惚间他会觉得是出自他的手。他满以为自己还可以是梦蝶的庄周、猖狂的阮籍、打铁的嵇康、自封酒中仙的李太白，以丰饶的自我精神立于天地之间。他自以为已经放下了职位、出身、财物，放下了功名、欲望，差不多到了隐姓埋名的程度，这个世界应该也不会过多地打扰他。他只想做天空的一朵闲云，占不了多大面积，或者梅枝上的一朵梅花，无需太多养料，自开自谢，留一缕梅香在人间。

然而战情日迫。在江西，湖北渔民的儿子陈友谅领兵先后在吉安、抚州、瑞州、九江、南昌展开攻城。陈军攻势凌厉，志在必得，元军步步溃退，几无还手之力。破城的消息不断传来，想做闲云野鹤而不可得，伍良臣感到，他的命运之城被攻破的日子不远了。

回到高安伍家村的伍良臣日日被噩梦惊扰。那梦里的狼群让他喘不过气来。那光明广阔的伍氏庄园夜里看起来似乎万籁俱寂，可半夜醒来的伍良臣却心潮起伏。战局已经没有多少悬念，陈友谅部将王奉国已经陈兵瑞州路，高安城守军空虚，破城是早晚的事。他知道，城破之后，陈部必要清算敌我，他这个汉蒙的"混血儿"，元世祖忽必烈的亲外甥，必将被人指认出来，陈部必将在他的身份上大做文章，杀一儆百。该如何渡过这个天大的难关，是伍良臣日日思考的问题。

老实说他并不怕死。他的故乡江西从来不缺少死士。江西这个在初唐诗人王勃笔下人杰地灵的省份，不仅盛产陶渊明、黄庭坚这样的文人，也出胡铨、杨邦乂那样的名臣；不仅出饱学之士，也出慷慨赴死之徒。为蒙古人所处决的抗元名将文天祥，就是其中的典范，即使在蒙古人统治的元朝，也是人人夸赞的大丈夫。伍良臣饱读诗书，并自觉以江西为故乡，自然知道堂堂大丈夫，应该临危不惧、宁死不屈。既然死是无可避免的，君子当挺胸向前，引颈待裁，不亦快哉！

可是他放不下他的瓷。那是他父亲的遗物，分数次小心翼翼从京城运回的珍藏。那是他的故乡，那来自江西景德镇青花瓷上的一朵朵青花给了他最初的故乡认知。那也是人间的瑰宝，是人类的伟大创造，每一件都是独一无二的绝世精品。那是他秘密的国土，它远比给了他生命的庞大元朝更让他觉得温暖和亲切，而他是这一国世袭的国王。他唯有让它们免于破碎才会安心。

伍良臣乘着夜色悄悄来到了庄园的后花园。他在墙根处举起了铁锹。他挖出了一个两米深的坑洞——他想，坑洞越深，他的“国”才会越安全。他把瓷器一件件摆进了坑洞里。为了摆放得更合理，他早已进行了精密的设计。他把小件放在了大件之中，他想，这样就可以节省空间，而空间越小，被发现的可能性就越小。他一遍遍地抚摸着它们，好像被迫分离时，父母面对儿女一遍遍说着嘱咐的话。他给它们披上锡皮，为的是能给它们挡住更多的潮湿与重压。最后他往坑洞里铲土。他的心忽然一下子空了。当把坑洞填平，按理应该高兴才对，可他竟然神色沮丧，巨大的虚空席卷而来。

古老的星星看着这一切。它们洞若观火，却一言不发。

之后的日子，没有谁知道伍良臣去了哪里。无论是高安城破后到处逮捕他的陈部士兵，还是与他有过交往的僧侣、秀才和酒客，抑或是他的族人。他或许真变成了闲云一朵，在天空自由自在地踱步，无惧战争与死亡；或者是变成了无人旷野中湿漉漉的枝头上盛开的梅花一朵，没有人能从这肆意的梅香中分辨出他来。他不仅藏起了他的国，同时藏起了自己。不知对这一结果，他是否满意。

使者：郑和的船队

壹：玺

建文四年（1402）六月十七日，朱元璋的四儿子朱棣彻底结束了旨在将侄子朱允炆赶下龙廷的靖难之役，登上了皇帝宝座，翌年改年号为永乐。三年的艰苦战争赢得了胜利，昨日雄踞一方的燕王成了普天之下莫非王土的天子，按理朱棣应该高兴才对，可他很长时间都怀着极大的不安。让他心神不宁的事儿并不算少，比如皇位并非由正统渠道获得——既不是由他父亲朱元璋亲授，也不是由他的侄子朱允炆拱手相送，他发起的军事行动以“靖难”为名，谁都知道那不过是以抢夺江山为目的，企图混淆视听的说辞。在朱允炆那些不怕死的旧臣眼里，他不过是一个无父无君冒天下之大不韪的窃国贼。为震慑朝廷，他采取株连十族的方法，残忍地杀掉了那些忠于朱允炆的文臣武将及他们的家人亲友，就连他们的门生也不放过。光是为惩罚那个拒绝为他写即位诏书的方孝孺，就杀了八百七十三人。那些死者的冤魂往往越过宫廷的守卫潜入朱棣的梦中，让朱棣经常在半夜惊醒。比如那个倒霉的皇帝朱允炆依然踪迹全无，虽然在他率部进入皇宫的那一天，有太监从起火的宫中抬出两具烧焦的尸体，指认说那就是皇帝与皇后，很多人信以为真，只有他知道那不过是他导演的一出戏，为的是让天下人断了对建文帝的念想，早日在心理上接纳他这个新主。真正的朱允炆到底去了哪里，他根本无从知晓。他悄悄派人打听，可他们的说法并不一致，有说出家当了和尚，有说流亡海外，被某个海滨小国接纳。但到底在哪个寺庙出的家，接纳他的是哪个国家，没有人能说得清。他刚刚接手的江山周边并不太平：在西南边境，安南国国王胡氏屡屡进犯云南、贵州；在北方，被朱元璋赶出中国的蒙元势力磨刀霍

明成祖朱棣画像

霍，随时准备卷土重来；在旧港，广东海盗陈祖义逐渐做大，频频抢劫朝贡中国的使者船只；在爪哇，小小海滨国根本不把堂堂中国放在眼里。北起山东，南至广东，倭寇屡屡骚扰，边境百姓深受其害……该像铁桶一样结实的皇帝宝座，竟有榫头不牢的尴尬；拼了命夺来的江山，竟像筛子一样四处漏风。这可如何是好！

身在长江之滨的南京，朱棣经常感到大地仿若大海一样的摇晃。习惯了北方的凉爽，南京夏日的燥热简直让朱棣不堪忍受。朱棣经常在皇宫里眉头紧锁，苦苦思索治国良策。他一再地召集大臣或者贴身的太监商讨国是，可那些大臣和太监们说起道德文章一个个都头头是道，一谈到应对法子不是一筹莫展，就是虚与委蛇。他们出的点子平庸至极，无非是平乱出兵、寻人派将，都是些头痛医头脚痛医脚、拆东墙补西墙的伎俩，并没有多少可供参考的价值，让朱棣恨不得把他们一个个吊起来打一顿。

然而堂堂中华并非没有人才，能把江山抢夺到手的朱棣当然也不是等闲之辈。山野访贤，江河问计，俯察风水，仰观星宿，推演卦象，占卜鬼神，经过一番细致的筹划与论证，朱棣做出了一个十分大胆，甚至称得上狂野的决定——派遣一个硕大无朋的船队，以大明王朝为名，从长江起航入闽，乘风破浪，远行西洋，行怀柔于异域，扬国威于大海！

不得不说这是一个雄心勃勃的计划。朱棣知道，三皇五帝以来，中国还没有哪个皇帝干过这样一件几乎是异想天开的事。建元二年（前139）和元狩四年（前119），张骞受汉武帝之命两次出使西域，历经艰辛；天汉元年（前100），苏武又受汉武帝之命出使匈奴，被匈奴流放到人迹罕至的贝加尔湖边放牧，历经艰险持节不变，十九年后归国；东汉年间，班超两次受命出使西域，平定了西域五十多个国家。这三件事，所涉人数并不多，所行不过几千里，且多为陆路，所需成本并不太高，却成为中国历史上的重大事件，被历代文人墨客大书特书。张骞、苏武、班超成为中国历代读书人的重要典范，策划出使的汉武帝、汉明帝也因此得分不少，被称为具有雄才大略的开疆扩土的明君。以国家名义派遣船队，宣德化以柔远人，将使朱棣成为历史上名垂千古的帝王。

朱棣知道，派船队下西洋并非是自己作为最高统治者一时心血来潮的想法，不是自己瞎胡闹，也不是好大喜功的虚妄举动，乃是针对当前局势值得走的一步妙棋。如此举动，一是向全世界宣告坐在中国皇帝宝座上的已经是他朱棣这一事实；二是可以展示自己的雄心与能力，让国内那些以为他是窃国贼的人看看，是他还是那个生死不明的朱允炆更适合当这个皇帝；三是可以向所有潜在的外国敌对势力显示中国的国力，让他们趁早打消与中国作对的念头。当然还有一个不可以公开的目的，就是寻找他那该死的侄儿朱允炆，看看他到底是不是真的流亡海外——没有他的确切消息，朱棣一天都不踏实。

当上皇帝没多久，朱棣就迫不及待地开始实施下西洋的计划。登基后仅仅两个月，他就大规模地派遣使团出使西域和海外。如派遣行人吕让、丘智出使安南；按察副使闻良辅、行人宁善出使爪哇、西洋、苏门答腊；给事中王哲、行人成务出使暹罗；行人蒋宾兴、王枢出使占城、真腊；行人边信、刘元出使琉球；翰林待诏王延龄、行人崔彬出使朝鲜；左通政赵居仁、行人张洪、僧录司右阐教道成出使日本。这些使团的集体出访，除了向世界宣告他为明王朝新皇帝的消息，另一个使命就是为下西洋探路。他下令在福建、浙江、湖广、江西等府卫建造和改造用于航海的船只，同时还在南京的龙江船厂内新设宝船厂，专门用于建造下西洋所需的船队。他邀请曾精准预言他四十岁当皇帝的著名相士、鸿胪寺序班袁忠彻为他推荐率领船队出使西洋的人选，一个得到他赐姓恩宠、长期随他左右且靖难有功的太监郑和因面相奇佳而获荐。他安排户部筹备下西洋的银两，通知吏部选拔下西洋的人才，安排工部调集用于航海的粮草……

朱棣雄心勃勃地推进他的天才航海工程。他不停地命令太监拟制各种各样的诏书，并让他们把这些诏书送至各个机构主事者的手里。他密切关注事态的发展，通过发布各种圣旨将事情修正到他满意的程度。他嘱太监们给这些圣旨盖上不同的印章，如册封赐劳用“皇帝行宝”印，颁诏与赦用“皇帝之宝”，颁布诰书、谕示臣僚则用“制诰之宝”。接到圣旨的官员，会从不同的印章中领受他的言外之旨，完成他交办的种种任务。

那些用玉石制成的、皇帝专用的印章被称为“玺”。与其他皇帝不一样的是，朱棣有十七颗这样的宝玺。他一即位，就完全弃置了他父亲朱元璋、侄子朱允炆的印章，另起炉灶制作了这十七枚宝玺。他用“皇帝奉天之宝”宝玺来管理祭祀天地礼仪，用“皇帝尊亲之宝”祭祀宗庙，用“皇帝信宝”来统摄三军，用“天子行宝”封赐夷蛮，“表章经史之宝”为求经籍，“钦文之玺”以钦文教。他要让历史重新开始。他要建立这个国家的新秩序，让这个古老国家驶上他制定的轨道。他要给这个国家打上他的新鲜而醒目的印记。他要用这象征了自己的意志和能量的十七颗宝玺，牢牢掌控这个跟海浪一样不安的国家的航向。

那即将在国际海域上航行的庞大船队，何尝不是他精心雕凿的另一枚宝玺？他的航海计划暴露了他的野心，他多么希望这茫茫大海也是他圣旨的载体，他要在这大海上彰显中国的威仪，并以这庞大的船队为印，书写他创世的箴言。而能够策划并实施如此不可一世的行动的朱棣，一定也是一个有着大海一般气质的人。他的气质肯定如大海一般宽广、磅礴、聚散自如，当然，或许也包含了大海一样的动荡不安。

贰：星

永乐三年（1405）十一月，东北季风吹得船队的桅杆啪啪作响，郑和与部分同僚稍作商议后，立即命令泊在福建长乐太平港达五个月之久的船队全都升起风帆。风正帆悬，庞大的船队（两百多艘大小船只，两万七千余人队伍）仿佛蹿出牢笼的虎豹，争先恐后地向着蔚蓝的大海奔去。看着人类历史上都不曾有过的船队航行海上的盛景，听着船舷与海浪撞击的哗哗之声，想到故国渐远而彼岸无期，皇恩浩荡而海上波诡多变，尚不知前面有何事在等着他，郑和瞬间有万千种思绪涌上心头。

即使时光倒回去一年光景，郑和依然不会想到自己的一生会与大海发生纠葛。三十出头的他，并没有过与海洋深交的经历。他出生于闻不到一丝海腥味的云南昆阳（今晋宁），成长于远离大海的燕京，以朱棣贴身侍卫的身份随朱棣以靖难之名南征北战于内陆之地，与大海从来就不沾边。倒是朱棣登上皇帝宝座后派郑和出使过暹罗和日本，此后郑和才真真实实地与大海进行了亲密接触。可因两个国家都与中国毗邻，旅程过于短暂，想必大海没有给郑和留下太深的印象。他习惯于在马上厮杀，在帐中谋划，率领将士攻占一座座城池，清除一个个异己。而对付一片大海，他并无经验。虽然有人说他的祖上是波斯人，大海是他们从西域到云南落户的必由之路，他那信仰伊斯兰教的祖父和父亲，都有过漂洋过海去麦加朝圣的骄傲经历。朱棣当上皇帝的第二年，他被任命为内官监太监，职责是替皇帝管理建造宫殿、陵墓事务，负责皇室的婚嫁用品。这是十分重要的工作，是可以让他用一生尽职尽责完成的事业。他满以为自己将会在这样的工作中终老。想不到才一年时间，朱棣就改任他为正史太监，交给他一个史上最大的船队，和一片一眼望不到尽头、远比马背要颠簸的蓝色大海。

然而在郑和眼里有些意外的任命，却是朱棣精心盘算的结果。在朱棣看来，那个从小被阉割、长期跟着自己出生入死的人，是个值得托付的人。如相士袁忠彻所说，他天生大贵之相：鼻小四岳峻，眉目分明，耳白过面，齿如编贝。根据袁忠彻所言，如此面相之人，会福星高照，命里有神灵护佑，可保下西洋事业逢凶化吉。他身高七尺，行步如虎，是万里挑一的东方美男子，出使海外，就是一张完美的中国名片。他未曾受正规教育，却文通孔孟，才负经纬。他胆识过人，大敌当前面不改色，统帅万兵如烹小鲜。他是佛教、道教与伊斯兰教三教教徒，具有与信奉多种宗教的海洋国家对话的能力。他是太监，十二岁就因元朝贵族身份被明军掳到军中遭受阉割之刑，长期跟随朱棣左右，对朱棣忠心耿耿。身后无人，朱棣无须怀疑他日后生出二心，借着出海机会干下大肆敛财甚至开宗立派、开枝散叶的事情。如此中国历史上都难得一见的人物，自然是整个大明王朝率船队下西洋的不二人选。

朱棣果然识人有术，郑和一朝领命，即全力投入这并不熟悉的工作之中。他领着这支装备了当时世界上最先进航海技术，集指挥、翻译、医士、军旅、买办、书算手等近三万人的史上罕见的庞大船队，在印度洋、太平洋海域往来游弋。他首先迅速克服了海洋给他这个长期在内陆生活的人带来的种种不适，精心扮演大明王朝使臣的角色，每到一国，即使被海浪颠得天旋地转，也必整理行头，打起精神，从宝船踱步而出，带上精心修饰的笑容，向海上的国王传递大明天子欲与之永世修好的愿望，颁发早在国内写好的措辞恳切的诏书，并向王妃臣僚赠以精美珍贵的礼物。他说着让人愉快又无懈可击的得体话语。他举止文雅，目光坚毅。其风采气度，赢得了上流社会的普遍赞美。为了让海外的民众了解和喜欢中国，他会深入民间访贫问苦，对患病的人施以疗救。他会把手放在生病的孩子额头上试探体温，仿佛他是孩子的父亲。

他向苏丹赠送巨型青铜钟，在马六甲教百姓掘井取水。他还是海上最大的贸易商人，在市场上，他兜售随船带来的成批的中国丝绸、瓷器、茶叶、漆器，为朝廷大量买进中国没有的、将影响整个中国经济格局的胡椒、宝石、珍珠、香料、珊瑚。他甚至把六棵直径近三米、高近三十米的香木装上了船，那是在满剌加边境的九州山上砍下的树。此举让当地民众瞠目结舌，因为没有人相信他们能将这些巨大无比的树带上船。

有时候他还要重拾打仗的手艺，因为船队活动的印度洋并不太平。他曾经把盘踞在旧港的兵强马壮的海盗、国内犯罪逃亡海外的广东人陈祖义缉拿回国；又与锡兰国王亚烈苦柰儿旨在夺取船队上粮草和财物的五万军队展开决战，生擒国王亚烈苦柰儿，并将他带回中国受审；他还帮助苏门答腊国王锁丹罕难阿必镇平定了国内叛乱，让苏门答腊的人民重获安宁与和平。

谍报、科考、探险……除了外交、贸易和打仗，他还有许多事务要做。他提拔一个叫费信的低阶士兵，让他将每一处的山川、物产、风俗等信息记录下来，最后汇成了《星槎胜览》一书。他率领着船队，不仅经常往返于吕宋、苏禄、渤泥、占城、爪哇国、旧港、满剌加、苏门答腊、锡兰、小葛兰、古里、暹罗这些东南亚国家，还深入航海图没有标示的比剌、孙剌、澳大利亚、天方、阿丹、左法尔、忽鲁谟斯、木骨都束这些距离中国千万里之遥的国家和地区，足迹遍至西亚、东非、南非、澳洲。那应该是中国人几千年来到过的最远的地方。他把中国的文明带到世界的各个角落，让中国皇帝的威仪和善意，在大海之上传诵。

多少巨型风暴、如山浪头，多少疾病、死亡、失踪，成就了下西洋这一桩朱棣主导的绝世伟业。以巨大的国力消耗、每次往返近四成船员死亡以及无数船只破损的代价，朱棣期待的“威服四海，万邦来朝”的梦想终于成为了现实。那些在郑和的斡旋下愿意与中国交好的国家，接受了郑和的邀请，纷纷派出使臣坐上了郑和返回中国的船队，或者自己扬帆而来。有一组数据可以说明永乐年间跟随郑和的船队来到中国的外国人之多：朱棣在位二十二年，共接待来华亚洲及非洲国家使节三百一十八次，平均每年十五次。文莱、满剌加、苏禄、古麻剌朗国四个国家先后有七位国王亲自率团前来，最多一次有十八个国家朝贡使团同时来华，这可是中国历史上从没有过的事情。

那些来自世界各地的人们，出入于中国的皇宫。原本严肃刻板的皇宫张灯结彩，变得喜气洋洋。皇帝的宴会厅里觥筹交错，宾主尽欢。他们走上中国的街头，整个大明王朝因各种肤色的人挤满街头而变得热闹非凡。他们把带来的特产摆在朝廷，供文武百官品鉴。原本秩序井然的朝廷，就像街市一样热闹而亲切，再谨言慎行的大臣都会不由得摇头晃脑、夸夸其谈。有一年，来自一个叫麻林的东非国家的使者带来了“麒麟”（其实是长颈鹿），更是让整个朝野震惊不已。习惯于阿谀奉承的官员连忙写出《麒麟赋》一类的文章，迫不及待地用华丽的词藻发表天降祥瑞，乃是上苍借此暗示明君出世、天下太平的陈词滥调。那些从海外带回的成吨的香料、胡椒，被作为皇帝的赐品送给了有功的大臣。如果碰上皇帝高兴，京城的市民也能分到一些。

郑和所经沿海国家的国王和使臣纷至沓来，古老的中国仿佛众星簇拥下的月亮。朱棣的声誉随着郑和下西洋次数的增多逐渐稳固，再也没有人怀疑他执政的合法性。几乎所有人都认为，这个冒天下之大不韪从侄子手中抢来皇位的人，做成了历代皇帝都不可能完成的伟业。比起那个至今杳无音讯的朱允炆，这个雄心勃勃又运筹帷幄的人，无疑更适合当皇帝。偌大的江山，他侍弄起来要顺手得多。已经没有人关心朱允炆是死是活。人们相信即使他再现人间，也丝毫摇撼不了朱棣的统治。而中国边境的安全，看起来也比过去要好得多。

遵朱棣及他的孙子朱瞻基旨意七下西洋的经历，让郑和成为沿途国家备受崇拜的神灵一般的偶像。人们以为能领兵数万、率船数百、七下西洋的人肯定不是凡人。人们纷纷为他建庙立碑，以他的小名“三宝”冠名的庙宇、山城、街道、港口、宫殿、水井、石碑、禅寺，在东南亚无所不在。有关他的故事在这些国家流传。如在暹罗（今泰国），人们传说郑和挥剑斩魔鬼，并将药投入溪水中让人们沐浴治病的故事；在占城（今越南南部），相传郑和教当地百姓凿井取水，修造梯田，指导耕作；在柬埔寨三宝公庙的庙祝口中，郑和成了少小离家去中国留学，后又回到柬埔寨报效祖国的当地英雄；在爪哇，相传郑和勇斩妖蛇；在马来西亚，郑和成了打虎壮士……

只有郑和自己知道，他从来就不是什么神灵，而是大明王朝永远的奴隶，是他长期跟随的朱棣永远的马前卒。他从小失去双亲，又被阉割，成了太监，并无儿女家眷，只有朱棣是他的亲人，大明是他的家乡。他唯有看朱棣的眼色行事，唯朱棣的圣旨是从。对自己所遭受的阉割，他并不怀恨，在燕王的帐下，他从一个懵懂少年，成长为统帅万兵的将领、文通孔孟的书生、国家下西洋计划的执行人。凡此种种，无一不是朱棣的栽培之功，大明的冶炼之德，他自当感恩不尽。出海二十多年，人生的大半都孤悬于海外，长期被朝廷放逐，被大海囚禁，可他的心日日都在上朝。他把他的船队当作大明王朝的一块漂移的国土，而管理这块国土的他其实是皇帝的影子。多年以来，他一直模仿朱棣的口吻说话，以朱棣的举止行事。他所做的每一件事，都是在向千万里之外的皇帝表达他死心塌地的追随之心——

故国再一次远去，要访问的下一个国家还在千里之外。在处理完一天的公务后，郑和走出了船舱，站在最大的宝船船头。海面上，白天的喧嚣已经散去，除了担任警戒的守卫，两万多壮士都已歇息，唯有船队吃水行进的声音，沉闷而有力。海风牵扯着他的衣襟，郑和举头向天，下意识地向着无垠星空望去。这个大海的永久囚徒，这个无父无母无妻无儿整个大明最为孤独的人，总爱与天上的星星对话，凭着在多年军旅中学会的占星术，分析星星的晦明与动态，把握海上的天气，揣摩千万里之外祖国的运数。他看到北斗七星的方位比起前几日又有了一些偏离，说明船队离祖国又远了些许路程。他猜想着此刻千万里之外的中国，该是几更天；皇帝与臣子们都会忙些什么；与祖国分别的这些日子，曾与自己情如手足的永乐大帝，龙体是否依然康健，国事是否繁忙忧心；紫微宫的诸星稍显晦暗，是否预示着皇上身边的臣子有失职之罪；心宿灼灼，是否预示着百姓又有兵燹之苦。

——那满天的星星对于远离故国的郑和来说，是船队方向的指引之灯，是他对故国的锥心之念，是让他的心免于孤单寒凉的慰藉之火，同时也是关乎祖国命运的图案。

而他自己，何尝不是一颗星子？他与祖国相隔天壤，正像星星远离大地。海水无边，正如天幕黑暗，他独悬于海上，就像星星闪耀于夜空，靠着使命和信仰开凿前面的路。就像一颗星子，郑和在千万里之外，思念着故友和亲人，在睡梦里睁大了眼睛，费力地搜索着祖国与皇帝的身影……

早在宝船还在船厂之时，朱棣就琢磨着要用什么东西将这两百多条船装满。无须廷议，朱棣也会知道，运上船队的物品，必须具有中国的色彩和造型，隐含中国自然的精气，代表中国的历史和文明。他命令有关官员立即组织金银、丝绸、瓷器、漆器、铁器、金幡、香炉、香油、中药、茶叶等他认为最具中国特色的物品的大规模生产，同时部分食物、家畜以及植物也需加紧生产和养殖。他让快马把他的一道道关于生产随船物品的圣旨发向全国各地。其中一匹快马驰出了京城，踏过长江的波浪，向着烟尘滚滚的景德镇奔来。

在朱棣看来，除了丝绸、茶叶、铜钱、漆器之外，景德镇的青花瓷器是最能彰显大明气度、传递下西洋之举意旨的国家礼器。瓷器是容纳了中国五行学说的风物，是少有的金（钴料）、木（木柴）、水（淘洗）、火（燃烧）、土（瓷土）五种物质共同参与冶炼的神奇物种，宛如天赐。景德镇特有的青花，其白色釉面，团聚着蓝色光影的独特造型，是寄寓深远的东方图腾，很容易让人想起青草蔓生于荒野、河流蜿蜒于大地的丰饶景象，又令人宛如见到帆影航行于大海、羊群逐走于草原。那瓷面描绘的绿水青山、花鸟虫鱼、亭台阁榭、文士僧侣、樵夫渔父，都是中国自然、人文乃至哲学的图解，是静谧、深远、含蓄的中国精神与气质的影射，是无须语言就可以领略到的中国情感与风度。那瓷上繁复或简单的缠枝花纹，正可以意会为大明王朝向着海上诸国发出的热情的和平手势，成为激发人们对中国无穷想象的媒介和信使。

从永乐初年到宣德五年的近三十年间，景德镇官窑被皇帝的圣旨催促着，投入到前所未有的生产之中。下西洋所需青花量大，每次都远超景德镇的实际生产能力，如郑和第七次下西洋时，朝廷向景德镇派造瓷器四十万三千五百件，这样一来，原来的二十座官窑明显是不够用了，督陶官不得不另择地址将官窑扩展为五十八座。中国传统的瓷器造型式样已经不能满足下西洋的要求，一些明显带有伊斯兰艺术特征的式样，如天球瓶、大扁瓶、折沿洗、八方烛台等早已在朝廷有关部门搜集审理后到了景德镇拉胚的工匠手中。回纹、忍冬纹、网格纹、圈点纹、涡纹、朵花纹、海水纹等伊斯兰风格的纹样也开始大量用于瓷器之上。苏麻离青得到广泛应用，偶尔有熟悉制陶工艺的外国人出没于景德镇，他们理所当然地成为督陶官员们的座上嘉宾。青花将远赴西洋的愿景鼓舞着景德镇的大小工匠们。想到自己过手的瓷器将大批地漂洋过海、景德镇的名声将传遍天下，他们做起瓷来也就格外用心。打泥的打起泥来会比平日更有耐心些，那轻拍慢捻的手势，仿佛是对门前即将远行的儿孙反复做出的叮咛。把桩看火的脸上也会比平日多一些肃敬，因为在他们看来，那窑中正在烧制的，不仅是景德镇的泥土幻化之物，不仅是皇家用瓷，还是大明王朝在全世界面前的尊严与荣耀。那镟挖圈足的，会在圈底留下不易察觉的标记，以期未来万里之遥的主人能从中猜测到他的心意。描花绘朵的会在笔下倾注更多的柔情……一想起手中的青花要在海外的土地上怒放，景德镇的目光就远了起来。

前来接应青花的船只挤满了景德镇昌江河的河道。乘着这些船只，青花，这火焰的后裔、中国南方山水孕育的天使，开始了它漫长的下西洋之旅。它将驶过鄱阳湖，进入长江，抵达苏州府太仓刘家港，然后转载到“体势巍然、巨无与敌”的船队上。借着北方吹来的季风，青花在太平洋和印度洋的海面绽放。

青花首先到达异国的王宫，作为中国国礼，与丝绸、茶叶等一起被郑和送给了沿海国家的王者、重臣乃至王者的妃子与王子们。郑和船队访问的沿海国家的皇亲国戚与重臣们对来自中国景德镇的青花并不感到陌生，早在很多年前，也就是元朝的时候，依托庞大的国土、强大的军事和外交手段，青花的海外贸易就已开始，因为地缘关系，印度洋海域的国家和地区先于他国领略到了青花的倾世之美。那白底蓝花的青花，早已经成为沿海国度人们眼中的传奇，成为人们心中东方美学的标签。可当郑和在朝廷之上把青花从幽暗之中请出，青花的灼灼光焰，还是让现场的王公贵族们倾倒。中国南方山野间走出的青花来到雕花镂纹、光影绚烂的异国王宫里，不仅毫不怯场，反被这无比华美的异国宫廷衬托得更加高贵与雍容。那泛着安静光泽的白色釉面，仿佛出浴少女的肌肤。那多变的造型对应了宇宙的几何之美。那摇曳多姿的蓝色花纹，更是激起人们的无穷想象。接受了馈赠的王孙贵族无不如获至宝。王室从来都是风尚的领跑者，他们的追捧，使青花立即成为举国上下风靡的奢侈品。

青花五毒鸟食罐　明宣德

斗彩鸳鸯莲池纹盘　明宣德

青花静静绽放在异国的市场。熙熙攘攘的街市，立即成了蓝色的海洋。为了得到一件青花，他们掏出了珍藏已久的龙涎香、胡椒、没药或者犀角。在中国早已进入寻常百姓家的青花瓷器，跟着郑和的船队到了西域，成了上流社会才有资格拥有的稀罕之物。据说一个普通的青花盘与青花瓶，在西域需要白银五百两，而一个碗也要三百两，是国内价格的数百倍。可是即使这么昂贵，青花依然让海外的人们趋之若鹜——人们纳闷，那卑微柔软的泥土，何以到了中国人的手中就变成了高贵的坚硬的艺术；这不为人知的技艺，是不是有神灵参与其中。

青花走进了异国上流社会的家庭中。它们被各种肤色的手紧紧握着。那温润的手感及寓意美好的色泽、画面，让心情躁动不安的人们安静下来，即使饱受命运折磨的人都会生出怜惜之心。它们被摆放在家中须仰视的显要位置，整座房子顿时变得流光溢彩、气质非凡。那瓷器上的山水花鸟、亭台阁榭、渔樵僧侣，就成了他们心中彼岸的风光，可以护佑他们平安幸福的天上的神。在琴瑟之上、书柜之中摆放瓷器，琴声就会像洗过一般，书也会更有韵致。

青花甚至成为沿海国家伊斯兰教信徒们眼中的重要器物。伊斯兰教与中国渊源深远，伊斯兰教先知穆罕默德曾说：“求知，哪怕远在中国。”而青花正是中国文明的象征之一，青花的蓝与白，在伊斯兰教信徒眼里乃是神圣与纯洁的颜色。青花因此被信徒们用不菲的价格从市场上购回。

跟随着郑和的船队，青花往更幽深的海域走去，向着中国人从没有抵达过的绝远之地驶去……天方国、木骨都束国、竹步国、阿丹国，那些古代中国完全陌生的领域，都留有青花的痕迹。若干年后，同行的丝绸或许早已腐烂，铁器或许早已锈蚀，茶叶也无迹可寻，唯有宁愿破碎也不肯腐烂的青花瓷器，忠实地记录了郑和的船队每次下西洋的足迹。每一片遗留在海外的瓷片，都以其纹饰、圈足、发色等诉说着自己的身世，传播着它独有的历史信息，讲述着它在郑和下西洋事件中扮演的角色。它们是郑和率领的另一支队伍，那队伍远比每次随他下西洋的近三万将士要多。并且与他们不一样的是，它们只要告别了祖国就再也不打算回来。从这个角度来说，它们是海外永远的中国游子、永远的中国使臣。它们永不停息地向世界讲述着中国，传递着中国的情感与温度。它们在遥远的异国绽放，历经了数百年，依然蓝颜灼灼，仿佛一颗永不变色的中国心。

青花不仅做出使的张骞，它还要做取经的玄奘。青花在航海之路上劈波斩浪，那无垠的蓝色大海也为青花着色添彩。因为开辟了航海之路，郑和从西洋采购回国的大量的苏麻离青被广泛用于景德镇官窑，永乐、宣德年间的青花因此焕发出了从未有过的绚烂光彩，广泛吸收了一些西方文明的特征，图案也更加丰富，海外市场的扩展也让青花的产量高到了离谱的程度。相比之前静谧的蓝，这一段时期的青花显得更加鲜艳，仿佛一朵朵蓝色的火焰在天空下呼啸奔跑。特殊的原料所产生的晕染和铁锈斑效果，形成了永宣青花的独特魅力，使其成为青花发展史上的巅峰，随着郑和下西洋的结束，再也无法超越。

然而并不是每一朵青花都能平安抵达异乡。航海的技术再好，船体再坚固，海上的风暴也随时可能使一条装满青花的船破损沉没。没有人知道，郑和下西洋所经过的海域下面，到底有多少沉船长眠于海底，有多少青花成为大海的私藏。如果有一天它们有幸被打捞上岸，那每一件青花瓷器上面，都会停泊着一个随郑和下西洋时因风暴、疾病而中途死去的勇士的灵魂。以指扣之，那宛如磬石的清越之声，都有可能是当年的海上亡灵在歌唱。

永宣年间出口的青花瓷

肆：海

宣德六年（1431），在朱棣驾崩七年后，眼见西洋各国与中国的关系日渐疏远，前来朝贡的国家越来越少，明宣宗朱瞻基重新任命郑和为正史太监，率领船队开启了大明王朝的第七次西洋之旅。再次出行，郑和依然出色地完成了任务，重新激活了西洋国家对中国的臣服之愿、朝贡之意。可是这一次，郑和没能像往常一样回到中国，而是死在了旅途，死在了异乡，死在了他每次下西洋都要经过的、离中国数千里之遥的古里（今印度卡利卡特），享年六十二岁。

七次率领巨型船队下西洋，行程百万里，与太平洋和印度洋海域纠缠了二十八年，访问亚非城市和国家三十多个……这个身体并不完整的人完成了普通人几乎难以完成的使命。这一使命耗尽了他全部的精血。据说，因无法保存和运送，他的尸骨永远留在了古里，只有一根辫子和一双鞋子随着船队回到了祖国。

按照常理，对这样一位为朱氏江山立下了汗马功劳的大功臣的死，朝廷应该举国宣扬其事迹品格，彰显其忠诚与功勋，将其奉为国家之重器、群臣之典范；应该视随船队归来的辫子与鞋子为郑和的身体，举行隆重的安葬礼仪，并抚恤其至亲，封赏其家人；应该安排史官对其生平大书特书，以传之后世，启迪后人。可奇怪的是，翻遍明朝宣德八年乃至之后的官方文献，甚至郑和随员的笔记，都没有关于郑和之死的详细记录——没有文字记载他死于何种疾病，哪个时辰，当时的场面怎样，他又留下了什么遗嘱。明朝祝允明《前闻记》关于郑和第七次下西洋略有记载，人们似乎可以找到这事件的一点端倪。《前闻记》所述："宣德七年十一月十八日到古里国，二十二日开船。""八年二月十八日开船回洋。三月十一日到古里，二十日大䑸船回洋。”根据以上记载，考虑到郑和船队在出使途中到古里时，仅在该地待了四天，而回国途经古里时，却停留了九天之久。船队离开某地，通篇都用“开船”两字，唯有三月二十日离开古里，却少有地用上“大䑸船回洋”这样的庄严语气，人们从中猜测当与郑和逝世有关。《三保太监西洋记通俗演义》中所记郑和事半真半假，不可作正史引用，只是其后附录的一篇作者佚名、撰于明天顺元年（1457）的《非幻庵香火圣像记》所述郑和之死或可引为证据：“（郑和）不期宣德庚戌（1430），钦承上命，前往西洋，至癸丑岁（1433）卒于古里国。”后来人认为，该文所撰时为1457年，距离郑和七下西洋不过二十余年，郑和逝世之时的诸多见证人还都健在，所述真实性应该无须怀疑，是关乎郑和逝世较为可信的证词。而除此之外，这个郑和为之奋斗至死的朝代里几乎所有的文字记录都对他的死讳莫如深。宣德九年朱瞻基数次下达的关于下西洋人士的诏书中都没有提到航海先驱郑和，整个朝廷仿佛接到了统一的封口令，陷入了集体失语的境地，不免让人心生讶异。

然而深究这一事件的背后，乃是自永乐皇帝朱棣始，大明朝廷反对下西洋的声音就不绝于耳。永乐十九年（1421），刚建成不久的皇宫三大殿发生火灾，翰林院侍读李时勉、侍讲邹缉等文臣借机向朱棣建议取消下西洋之举，他们认为由于在朝贡贸易中赏赐了过多的铜钱，国家不得不靠发行纸币（宝钞）来弥补货币的短缺，但过度发行纸币使货币大幅度贬值，已经对国内的经济造成了干扰。同时，朝廷将下西洋获得的胡椒等物发给官员，以抵充原本就不高的俸禄，也让官员的实际收益大打折扣，使得许多官员的生活到了捉襟见肘的地步。众臣怨怼，最后朱棣也不得不终止了下西洋。朱棣驾崩仅三日，户部尚书夏元吉等人就向太子朱高炽提出包括“罢西洋，取宝船”在内的若干建议，悉被太子采纳。到了宣德八年，随着郑和逝世，主持下西洋大业的主帅永久离场，反对派的声音变得强势，郑和的名字也就顺理成章地成为了朝廷文献中的大忌。

不仅是永宣之年，从此之后的大明王朝都将下西洋作为禁区。天顺元年（1457），明宣宗朱瞻基的长子朱祁镇通过“夺门之变”再次登基，企图通过派遣都指挥马云效仿郑和下西洋以重振君威，不料遭到大臣张昭的强烈反对。张昭上疏曰：“安内救民，国家之急务；慕外勤远，朝廷之末策。……今畿辅、山东仍岁灾欠，小民绝食逃窜，妻子衣不蔽体，被荐裹席，鬻子女无售者。家室不相完，转死沟壑，未及埋瘗，已成市脔，此可为痛哭者也。望陛下用和番之费，益以府库之财，急遣使振恤，庶饥民可救。”告诫他需以安内救民为重，不要把钱花在好高骛远的和番之上。成化年间，有太监迎合明宪宗的喜好，再次以郑和下西洋和番的壮举唆使远航。宪宗命兵部尚书项忠查阅记载了皇帝敕书以及郑和船队编制、名单、航海日志、账目等大量原始资料的下西洋档案《郑和出使水程》，派官员查了三天竟查不到，有人告知他所有档案被车驾郎中刘大夏事先藏起。项忠问及刘大夏，刘大夏竟理直气壮地说：“三保下西洋，费钱粮数十万，军民死且万计，纵得奇宝而回，于国家何益！此特一弊政，大臣所当切谏也。旧案虽存，亦当毁之，以拔其根，尚何追究其有无哉！”拒不交出郑和档案。无比珍贵的史料被人为粗暴地匿毁不见，郑和下西洋的历史成为整个大明王朝人人闭口不谈的话题。永宣之后，明朝皇帝们实行了闭关锁国的保守政策，永远地关闭了大海之门，许多外贸商人被处死，外语教学被严令禁止，片帆寸板不许出海，所有的船只只限在国内河流湖泊游弋往返，从此不再踏入马六甲海峡和印度洋一步。如有海外国家派遣使节在中国参观游览，中国再不像永乐和宣德皇帝那样张臂欢迎，而是抱着怀疑和不友好的态度。据《明实录》记载，嘉靖十七年（1538）正月庚寅（十五），天方国遣使臣入贡，为中国美丽风光所吸引，请求游览中国。这一再正常不过的要求，却被礼部疑有“狡心”。嘉靖皇帝下诏拒绝了天方国使臣的请求，甚至回绝了他们带来的贡物，其举止风度，已经与朱棣设计的泱泱大国形象相去甚远。

而在中国关上自己曾经占据着主导地位的大海之门的同时，西方却开始了大规模的航海行动。郑和之后的1492年，哥伦布发现了美洲大陆，欧洲人越过大西洋，开始了对美洲全新的开发。郑和之后的1498年，葡萄牙人瓦斯科·达·伽马率领舰队从里斯本出发，绕过好望角，到达印度西南部，开辟了西欧直达印度的海路航线。郑和之后的1519至1521年，葡萄牙人麦哲伦率领舰队从西班牙出发，绕过南美洲，发现了后来以他的名字命名的麦哲伦海峡，然后横渡太平洋，完成了人类首次环球航行，为欧洲殖民主义和资本主义发展再次开辟出新的航线。一面是西方人通过海上航线开疆拓土，完成资本积累与现代转型，一面是中国将自己关闭在大海之外故步自封，中国与西方的差距逐渐拉大。终于在1840年，英国的坚船利炮轰开了中国紧紧关闭的大门。

永宣之后，明朝廷一刀切地实行海禁政策，列下西洋为禁论的举动并非偶然，乃是源于中国自古以来对海洋一贯的恐惧与戒备。公元前二世纪至前一世纪，汉武帝开辟了西航的海上丝绸之路“徐闻、合浦道”，最远到达印度洋的“已程不国”；唐宋时期，依贾耽《广州通海夷道》记载，中国的远洋船舶抵达波斯湾，延伸到红海和东非海岸；《宋史》记载中国开辟了到层檀国（今坦桑尼亚的桑给巴尔）的航线，《宋会要辑稿》也记载了该国两度派使者访问中国；元代有汪大渊在1330年至1339年间两下西洋，乘商船到达过层拔国（也即桑给巴尔）；《马可·波罗游记》中也有忽必烈曾经遣使访问马达加斯加的记载；明朝郑和下西洋……除了这为数不多的航海事件，算是在整个民族历史上留下过清晰或模糊的印痕，中国数千年来并没有像样的航海举动。因为没有强烈的海洋意识，中国的文化缺少海洋基因，这不能不说是一个遗憾。

在历代教科书与古代文献里，关乎海洋的描述所占比例微乎其微。我们被告知，长江与黄河是中华文明的源头，同样是水域，河流远比海洋更让我们珍视。《诗经》三百篇，唐诗宋词，这些得到广泛传播的经典中，关乎海洋的诗句少之又少。我们熟知的鸟类，是麻雀与乌鸦、雄鹰与大雁、天鹅与白鹭，海鸥、海燕并不被我们经常提起。我们崇拜的偶像，是关公与秦琼，是观世音与弥勒佛，海上女神天后娘娘不过是一尊地方神灵，并不被我们广泛尊崇。我们建造了人类历史上无与伦比的长城，让它把头伸进海里（老龙头），为的是阻挡来自海上外敌的进攻，然而也阻碍了中华文明与外来文明的交流与融合。

我们长期满足于农耕文明的诗意，满足于皇权在静态的森然的秩序中平安传递。我们满足于春风在湖面上吹起涟漪的审美，拒绝将整个民族置于汹涌不安的海浪上冶炼胆魄与精神。我们以为只要将大海拒绝于国门之外就可以永保太平，为此不惜将我们民族与大海交集的历史进行隐藏。我们以为闭关锁国就可以对大海视若不见，却不料大海是锁不住的。1840年，海水冲破了国门，苦难开始了。

出产于景德镇的青花瓷是中国与海洋的长久恩怨最为资深的见证者。它曾经七次跟随着郑和的船队出使西洋，参与过和亚非海洋国家的交流，见识过中国主导海上世界的威仪。后来，它成为这无垠大海与含蓄神秘的古老中国的混血儿，其身上的蓝颜就有几分来自大海的精血，它身上的潮水纹文身，它带有西方特征的诸多形状，都表明了它的海洋血统。而它又是中国皇室的宠儿，体验过大海之门关上一瞬的悲凉沉痛，眼底收藏了中国闭关锁国带来的封闭与没落。它见识了西方强权势力乘着海上舰艇冲进皇宫，那瓷壁上看不见的隐秘裂缝，就是国家遍体鳞伤的隐喻。它的齿间一直紧紧咬住覆水难收的破碎之声，那是这个古老国家在危急关头随时迸发出的怒吼，是这个历经沧桑的民族葆有的最后血性。

江湖：都昌会馆

壹

明清时，被景德镇的青花吸引，沿着水路或陆路，全国有十八省、三十四个州府、六十八个市县的人们涌向了景德镇。走水路的，从鄱阳湖抵达昌江河，在戴家弄、玉带弄、太白园等码头上了岸；走陆路的，沿着各种大小通道进了城（景德镇是一座没有围墙的城市）。景德镇的街前屋后、酒店茶馆，人声稠了。

五湖四海的人们携妻将雏，卷席挑担，呼朋引类，来到了这烟尘滚滚的城市，歇在了一条条纵横交错的弄堂，拜倒在佑陶神赵慨、风火仙童宾的像前。初临瓷都，他们的心难免忐忑：窑火摇曳，是否会有一条道，供自己通向梦想？石板不平，自己怎样踩上去，才能留下坚实的脚印？

偌大的景德镇每天都有大小事件发生：有人闹罢工，有人叛师门；有人鸠占鹊巢，有人酒后耍泼；有人妄想不劳而获，有人死无葬身之棺……有没有一种方式，让这些来自大江南北的人们在这座城市里安身立命？有没有一个组织，可以上沟通官府、下联络民众？能不能形成某种章法，用于调停多方的诉求吁请，让瓷都建立一种不断自我淘洗的社会秩序？

早从明代起，景德镇就产生了一种特别的组织——帮会。

那是以地域为纽带的民间组织。与景德镇比邻而居的安徽人形成了徽帮，江西本省的抚州、南昌、丰城、鄱阳、乐平、吉安等地人形成的籍贯驳杂的帮会称为杂帮，其他以籍贯形成的帮会分别称为广东帮、扬州帮、关东帮、黄麻帮、马口帮、三邑帮、良子帮、孝感帮……

除了籍贯为帮，还有行业为帮，比如“三窑九会”、“保槎公所”

码头遗迹　许建华 / 摄

（管理供应槎窑燃料的组织）、“保柴公所”（管理柴窑燃料的机构）。景德镇人人入帮，有的还不只入一个帮。帮套帮，会重会，拥有上百个帮会的景德镇各种力量纵横交错，瓷壁上的青花枝缠叶叠，昌江河平静的河面下潜流暗涌。

帮会分割了景德镇以瓷业为主体的利益蛋糕。江西本埠的杂帮以地理优势把控着景德镇利润较肥的行业——琢器生产，另外选瓷、包装、搬运，以至烟馆茶肆、酒家饭店的经营权，也由杂帮支配。外来且毗邻景德镇的徽帮没能进入瓷器生产行业，却垄断了金融（钱庄）市场，百货、药业、粮食、油盐、布店、南货及陶瓷原料市场的经营也归了他们。江西、安徽以外的各省帮系从事大宗瓷器买卖——把景德镇的瓷器卖向全国各地的城市。他们给整个中国镶上了青花的花边。他们有一个共同的名字，叫作商帮。

而景德镇的江湖老大、帮会中的一哥，不是徽帮，也不是杂帮、商帮，更不是本地浮梁人，而是与景德镇毗邻的江西九江鄱阳湖边上小小的都昌县所组织的“都帮”。

都昌人在景德镇与故乡之间往来便捷，两地相距不过百数十里。都昌人是最早到景德镇谋生的外来户，占景德镇全城人口半数以上（“十里长街半窑户，迎来随路唤都昌”）。占着天时地利人和，景德镇岂能不成为他们的囊中之物？都昌人很早就把圆器（盘碗杯碟）的生产权攥在手心里，那可是景德镇市场需求量最大的瓷类，是景德镇最养人的一块肥肉。另外，他们还掌控了制窑的工艺。

在景德镇，都昌人说一不二，都昌人呼风唤雨。那些感觉势单力薄的人，最希望能与都帮的成员结成兄弟。那些在街头起了口角的人，最愿意请操着都昌口音的人给他们评评理。即使景德镇本地的窑户，也愿意与都帮子弟结一门亲。景德镇所有红白喜事，都以请到都帮能说上话的人赴宴为荣。

皇家工厂景德镇，世界闻名的东方陶瓷之都景德镇，也是都昌人的景德镇。在鄱阳湖边长大、精通水性的都昌人，到了这火焰飘摇的景德镇，为何也能有如此完美的泅渡之姿？

贰

景德镇曾经是本地浮梁人的天下。

这没有什么奇怪的，多少行业不是操纵在行业属地的人们手中？比如贵州的茅台，福建安溪的铁观音，浙江龙泉的青瓷，安徽宣城的宣纸……

浮梁人守着制瓷的秘密，祖祖辈辈辛苦获得的独门工艺只限于在血脉的道上传递。这是他们的祖业，他们希望这祖业永世流传，子子孙孙都能凭此衣食无忧。宋时，他们把瓷器卖到宫里。元时，他们和朝廷合作，生产出盖世无双的青花……

可是都昌人来了。有传说都昌人来到景德镇可以追溯到唐初，可没有地方志、族谱一类的资料能够佐证这一点。另一种说法和战争有关：元末明初，都昌人于光带兵驻守浮梁，部下多为都昌籍。他们借此在景德镇建窑口（称军窑），在景德镇陶瓷行业中潜伏下来，日积月累，有了后来的一片江山（一说是都昌人兵败后，以到陶瓷业做苦力作为惩罚，都昌人因祸得福，掌握了做瓷的手艺）。

可大量都昌人涌入景德镇的真实原因是源于鄱阳湖的逼迫。喜怒无常的鄱阳湖让在鄱阳湖之滨的都昌十年九淹。眼看着辛苦侍弄的庄稼即将收获，却又被暴虐的湖水洗劫一空，都昌人伤心之余开始寻找新的活法。有人把目光投向了百里之外火光熊熊的景德镇。

都昌人来到了景德镇。他们衣衫褴褛。他们面黄肌瘦。他们满脸苦相。当他们走过，人们很容易闻到他们身上有些呛人的湖腥味。可他们是勤快的，他们不挑活，干起活来特别舍得下力气。他们的目光谦卑、隐忍，却又隐藏着警觉和不甘，粗心的本地人并没有感到不祥。

他们从木匠、桶匠、泥匠、皮匠、裁缝、推车、挑担、撑船、捕鱼卖虾这些手艺活、苦力活做起，从瓷业最苦最累也最没有技术含量的白土行干起，悄悄等待着机会。终于，明初时，朝廷将所需的大量瓷器交给景德镇民窑生产，因质量要求太严，给的价钱又太低，景德镇本地人难以应付，纷纷卷款归了田。被湖水堵了后路的都昌人便毫不犹豫地接了手，没有技术的他们是不是向军窑里潜伏的都昌师傅们取了经？

他们还想方设法挤进窑的行当——窑，是瓷的母体，是陶瓷业的宫殿。窑的形状、体积关系到火的走势和瓷的优劣，是瓷业最为核心的工艺。挤进了窑业，就把握住了景德镇瓷业的根本！起先，都昌人尝试着干起了补窑的活儿。窑火炽烈，一烧就停不下来，窑哪有不坏的道理？补窑，就成了一门正经生意。补窑原是浮梁本地魏姓人掌控的手艺，可魏姓人病逝，他带的徒弟又没学会，技术就失传了。都昌人瞄准了空隙，尝试着干了起来，开起了补窑店，然后是挛窑（砌窑），继而又是满窑（瓷坯入窑）。

说起都昌人进入满窑行颇有意思：景德镇满窑业原是乐平人的祖业，乐平人带了鄱阳人为徒。仗着自己是满窑业的鄱阳人的外甥这一层关系，都昌人拜在了鄱阳人的门下，入了行。然后都昌人与鄱阳人共同控制了满窑行。

跟随着先行者的脚步，都昌人纷纷离开贫瘠的故乡，来到了景德镇。在景德镇，都昌人越来越多，说话的声音越来越大。他们目光里的隐忍与谦卑也不见了，取而代之的是舍我其谁的张扬霸蛮。他们潮水般涌向了匣砖行、画作行、成型行、窑厂行……圆器、红店（彩瓷）、装小器（小件瓷）等行业都有都昌人把持，他们在景德镇成为了与浮梁人、乐平人、鄱阳人等分庭抗礼的民间力量。

都昌人掌握了做瓷的多种技术。都昌人有一股不顾一切的狠劲。他们是被鄱阳湖水洗劫一空的破落户。他们是输无可输的赌徒。他们发起狠来，谁敢与他们争锋？他们叼到嘴里的肉食，谁有力气抢夺下来？他们抱起团来，官府也要让他们三分。他们抄起家伙来，就算是对方有进士知县老爷做后台也无所畏惧。干一架的后果有什么了不起？就算砍了头，也不过是碗大的疤。凭着过硬的技术和无所畏惧的狠劲，都昌人从奴仆翻身成了主人，坐上了景德镇的第一把交椅。

叁

都昌人三五成群，相约来到了景德镇旧金家坟头北侧的空地上。他们商量：近期有都昌人在景德镇街头闹事，借着他人办婚事讹诈钱财，让都昌人蒙羞，该怎么惩治。有刚砌起的某座柴窑，初烧就发生了坍塌，主人逼迫砌窑的都昌人赔偿巨额银子，怎么帮这位霉运的同乡渡过难关。一批数量不小的官搭民烧的宫廷用瓷没通过督陶官的审查，可否找到过硬的关系向督陶官求情。当然，凑些银子孝敬督陶官老爷是免不了的。还有，据说七都（都昌某地名）的某个拉坯匠不赡养父母，必须出面干涉；做小器瓷器的都昌人与抚州人有隙，快到水火不容的地步了，要寻求调解……

都昌人需要集会，然而集会需要掩人耳目。旧金家坟头的空地位于景德镇边郊，自然不被人注意，是个理想的密商事宜之处。空地边有座药王庙，药王庙里设馆教书的邵先生是都昌人。邵先生知书达理。邵先生足智多谋。邵先生有求必应，热心照应乡里。邵先生会不会还懂些观天象、看手相、卜吉凶的伎俩？反正，都昌人都信赖邵先生，这是都昌人爱在旧金家坟头的空地集会的原因之一。

可露天的集会会有麻烦：雨雪寒风，聚会的人们怎么席地而坐？舌头打结，声音打颤，怎么顺利达成共识？都昌人在空地上搭起草棚，后来又建了一幢房子，以书院为名，他们把房子取名为“古南书院”。南，指的是景德镇一百里外的都昌城南的南山。古南，就是都昌在景德镇隐晦的名字。

在这座坟地边的简陋书院里，二十四姓都昌人同拜天与地，互换金兰谱，同声立誓，结义成帮。邵先生以读书人的身份受尊为大，其他姓氏以到景德镇时间先后排行，分别是冯、余（东边）、黄、游、徐、李、谭、陈、彭、江、周、余（西边）、刘、石、孙、胡、向、王、洪、但、吴、傅、袁（后来的秩序稍有变化，冯、余、江、曹、张、王、刘、李成为都昌在景德镇影响力最大的族姓）。

他们把自己的组织取名为“金兰社”。《易·系辞上》曰：“二人同心，其利断金；同心之言，其臭如兰。”以金兰为名，这大概也是识文断字的邵先生的意思了。

草棚和书院盖在当地人的土地上，当地人怎么容许？他们把都昌人告到了官府。都昌人初审二审都被判败诉。这是明摆着要输的官司，都昌人怎么可能赢？有人请来了智多星牛伯仁。

都昌人牛伯仁，人称辣子，足智多谋、能言善辩，在景德镇以替人诉讼为生。牛伯仁这号人，是江湖上的滚刀肉，是螺蛳壳里摆得下道场的能人。这世上有什么事能难住这种人？他被二十四姓金兰社兄弟请到书院，左右察看了现场，在七嘴八舌中一言不发，沉吟再三，然后眉头一皱，生出一计。他派人在四块青石板上分别刻写“古南”二字，然后将青石板用镇江老醋浸泡做旧做残，再埋于书院四角。另外，需画一张标明古南书院建筑的地图（估计也要做旧），小心保管。

三年后，都昌人与当地人的地皮官司打到了京里。京里下来的巡按大人实地考察，见挖出的写着“古南”二字貌似古老的烂石板所占范围与都昌人出示的地图相合，以为地皮早属于都昌人的证据确凿。他不顾本地人的愤慨陈词，把这块地判给了都昌人，然后在都昌人“青天大老爷”的赞美声中满意而归。

都昌人胜之不武，然而他们毫无愧色。他们大张旗鼓地在这块地皮上盖起了一座房子。房子坐东朝西，东西长一百五十步，南北宽八十步，分前中后三院。他们在后院建起了关帝殿，把天下第一义勇的关圣请进殿里供奉，作为金兰社甚至是所有旅居景德镇的都昌人的偶像；另外还在中门立了一座关圣牌坊。他们张起“义”的大旗，用意味着忠诚的“义”来凝聚、约束甚至捆绑所有的都昌人。

他们在房子内建起了议事厅、演戏场，设置了祭坛、客房，加上原有的古南书院，整座房子就兼有了祠堂、庙宇、会堂、戏台和书院的复合功能。他们给这座房子取名的时候，不再像以前的“古南”那样遮遮掩掩，而是堂而皇之地标上了籍贯之名，亮出了自己的番号，称作“都昌会馆”。

会馆的东、西、北三面各有三条河流经过。会馆的后面是一片郁郁葱葱的高大的古木林。几乎所有人都认为，会馆占了景德镇最好的风水。仗着如此好风水的庇佑，在景德镇，都昌人怎不会要风得风要雨得雨，怎不会事业兴旺财源滚滚？

城堡一样院墙高擎的都昌会馆，明亮宽敞、雕梁画栋的都昌会馆，在景德镇的建筑群里，宛如鹤立鸡群，显得卓尔不凡又威风凛凛。

肆

有了会馆，都昌人在景德镇就有了自己的家。

初到景德镇的都昌人再也无须流落街头，他们可以到会馆歇脚、投宿和谋事，会有当值者安排他们的寝食（宿资要比景德镇其他客栈便宜不少），并考虑给他们推荐差事。在景德镇干起仗的都昌人不必去衙门寻求调解，他们吵吵嚷嚷地来到会馆，自有当值者召集都昌籍长者对他们进行调解和抚慰，那被判亏理之人，认下茶水账或摆下酒席鸣鞭炮赔礼，当着长者的面握手言和。都昌人的子弟到了

熟练地上釉

倾倒釉料

窑工和他未完成的大罐

瓷商

工人在包装

老瓷器店

满窑的人

画瓷的人

茭草业工人

拉坯的人

搅拌釉料

搬挪瓷器

瓷市场景

发蒙年龄，可以到古南书院读书认字。想要结拜的两个人，会到会馆的关帝殿前焚香立誓。即使没有什么事，都昌人也愿意到会馆走一走，坐一坐，喝一杯茶。那藏有心事、心神不宁的，到会馆坐一坐，说不定心就安了。那开红店（彩瓷）亏了本的，到会馆的关帝前许个愿，说不定生意就扭亏为盈了。

在景德镇的都昌人纷纷涌向会馆。他们把会馆当作自己的托身之所。会馆的门槛都要被他们踩塌了。一个会馆怎能没了章法，一个帮会怎能没了帮规？管理会馆的都昌人定下许多规矩。

比如会馆之管理归都昌在景德镇势力最大的二十四姓，而所有权归所有旅居景德镇的都昌人。二十四姓各选一德高望重者担任会馆首士，每年六位首士轮流坐镇会馆，管理日常，二十四姓四年一轮，周而复始。

比如会馆日常管理为首士负责制，下设账房一人，管理账目收支和零星购置；庙祝一人，供应茶水和午餐；脚夫一人，为会馆送传单和信件。首士不拿薪酬，仅年终获赠一斤婺源茶叶，一盏上书“古南书院”和会首姓氏的红灯笼，年前由脚夫分送会首家门，以传播当值会首的美名。账房、庙祝，事关会馆内务，必须由外埠人士（安徽人）担任。管理者每日中餐由会馆招待，规定五菜一汤，肉不过两斤，大米不过两升，以防奢华浪费。

比如经费为众筹、义捐、馆产出租所得，入会者需缴纳一定金额会费，富户可捐献财产，会馆购置一百八十八幢圆器坯房作为不动产，坯房租金为会馆日用之资……

所有规矩，都为利于会馆长远，以及景德镇的都昌人事业百世不斩，如会馆周围的水长流不断，如会馆后面的古木林四季常青，如他们亲手绘制又烧成的一朵青花永不凋谢。

借着会馆这一威风凛凛的舞台，都昌人做张做致，在景德镇干得风风火火——

他们举起“义”字大旗，把关圣人抬到了无以复加的高度，以引导乡人忠义帮会、不叛家乡。农历五月十三日关圣人生日那天，都昌人敲锣打鼓给关圣人庆生，称之为“做关夫子会”。在震耳欲聋的鞭炮声和唢呐声中，都昌人召集旅居景德镇的都昌子弟跪拜关夫子，同时杀猪宰羊，设宴摆酒，用来招待在景德镇的乡亲及帮衬都昌人的官员和贤达，请来的戏班子，要几天几夜才散。

利用中国人的祖先崇拜，都昌人每年冬至之日，在会馆设祭祀，摆香案，引着大伙儿向祖先焚香祭拜；到都昌人的集体坟地扫墓，以告慰一代代旅居景德镇的逝者，同时也凝聚景德镇的都昌人的心。

都昌人在景德镇设立福缘社（慈善机构）——无疑也是“义”字旗下的善举，也是彰显都昌人膂力的行为。景德镇的六个渡口，有都昌人购置的、上刻“古南书院福缘社”的八艘渡船在穿梭游弋，助人渡河。福缘社还筹集善款、购买粮食，赈济灾年中的县民，赠送棺木安葬贫困的死者……

义字大旗之下，都昌会馆有着窑火一样的热度。乡情是这窑火反复冶炼的一朵青花。

伍

在景德镇，大大小小的帮会纷纷筹资建起了自己的会馆。他们买下地皮，请风水师看好风水，择吉日开工破土，在异乡的土地上，建造一个属于自己的家。在建筑风格上，他们会极力强调会馆的血缘关系和基因符码，在会馆的门楼、气窗、柱础、内饰等位置都清晰标示所属籍贯的文化胎记，使他们的会馆即使混迹于民居群中，也能让来自故乡的人一看便知——

建造于中华路迎祥弄口的福建会馆，红墙绿瓦，有着全国独一无二的闽南建筑风格，给人十分强烈的视觉印象。其斗拱、雀替、藻井上的装饰图案，以海浪、帆船为主，显示了其不同寻常的海洋血统。

徽州会馆是典型的黛瓦白墙，马头墙如战马扬蹄，大门口一对石狮子、两面石鼓。青砖门罩、石雕漏窗、木雕楹柱，精美“三雕”与整座会馆融为一体，有着最能体现徽州建筑特点、勾起徽州人乡愁的美学图式。

位于彭家下弄的湖北会馆，馆内矗立着一座微缩的“黄鹤楼”——湖北人的重要文化符号，是旅居景德镇的湖北商人心中家的代名词……

——那些会馆都像都昌会馆一样供奉着偶像，那可是帮会凝聚人心的重要标识。而地域不同，供奉的偶像也千差万别：福建会馆供奉的，自然是可以让咆哮的大海低头的天后娘娘。坐镇在南昌会馆里的，是江西人传说挥剑斩杀孽龙治水的许真君神。婺源会馆祭拜的，是峨冠博带、展书阅读的朱熹。山西会馆里的偶像，竟也是手持青龙偃月刀的关云长。他们并不忌讳与都昌会馆供奉同一个神灵。要知道，关羽本就是山西人的乡党……

那些会馆也都有自己的节日。婺源会馆每到七八月会做“朱夫子（朱熹）会”；南昌会馆会做“许真君会”；山西会馆会在每年五月十三日举办“关夫子会”；奉新会馆则选在七月半（鬼节）集会吃“四盘二碗”的酒席，在景德镇的奉新人坟前烧纸，祭奠孤魂野鬼……

以会馆为地盘过节做会，那是景德镇所有帮会壮士气、显声威、结人缘的方式。他们杀猪宰羊。他们焚香敬神。他们摆宴喝酒。他们请戏班子唱戏。过去一年帮里发生的大事小事，此时要摆一摆。平日谁对会馆（帮会）捐赠最多，此刻要排一排。平日里对帮会有过帮衬的，要借机会请一请。衙门里的官员，肯定是要坐首席，而帮里威信最高的，自然是挨着贵宾坐的那一个。眼前看到的是张灯结彩、喜气洋洋，耳中回荡的是糯软的乡音。台上穿着戏袍的舞剑拼杀，台下满脸通红的醉眼迷离。借着酒和戏，他们会短暂忘却在景德镇的苦与累。他们会不会想念起远方的故乡，想念门楣下倚着的白发亲娘?

在景德镇，会馆是一个影响力巨大的存在。那些坐落在灰蒙蒙的天空之下、街道和弄堂的缝隙之中的大大小小、造型夸张、风格各异的会馆，让灰蒙蒙的景德镇充满了异乡情调。它们一年到头此起彼伏的鞭炮声（做会），让景德镇充溢着节日的喜庆意味。然而那些会馆的建设并不是为了取乐，它们各怀心思，彼此戒备。它们是一个个帮会的家，一股股势力的营地。借着会馆的掩藏，景德镇的大小帮会明争暗斗，有时称兄道弟，有时大打出手，有时明修栈道、暗度陈仓，有时相逢一笑泯恩仇。它们把青花盛开的景德镇，闹成了派别林立、潜流暗涌的江湖，杀气腾腾的猎场。那些色彩艳丽、装饰精美的会馆，就是这江湖中耸立的一座座岛屿，或者是这猎场中一只只目光警觉的猎犬。

位于旧金家坟头北侧的都昌会馆，无疑是这个猎场中最大的猎犬。它雄踞猎场中央，目光睥睨，一言不发，而所有的同类，都要向它俯首称臣。

陆

出没于都昌会馆与窑厂之间的都昌人，端坐于江湖老大宝座的都昌人，在景德镇为所欲为，不可一世。他们制定规则又随意更改秩序。他们此刻点头称是，转眼就翻脸不认人。他们喜怒无常、不可捉摸，举起棍来，面不改色；砍下刀去，手不颤抖。他们以舍我其谁的架势横行街市，把一个世界陶瓷之都的景德镇，当成了自家的菜园子；把一座座火焰熊熊的瓷窑，玩弄于股掌之间。

他们在酒桌上与来自全国各地的瓷商排齿论序，相谈甚欢，可瞬间就会因对方对瓷品质检过严翻脸不认人，勒令所有窑户停止向瓷商提供瓷器，直到对方赔礼道歉、提高瓷价才善罢甘休。

他们鼓动小业主多多往他们的窑里装瓷器，其实是为了让自己多得烧费，最后瓷器倒、爽（火力未到，瓷没烧成熟）、黄、黑他们却视若不见，烧费却不少一文，让小业主敢怒不敢言。

他们会在毫无理由的情况下号令全镇停止烧窑，用减产来维持甚至抬高瓷价，让来自全国各地的陶瓷商人叫苦不迭。

他们甚至六亲不认，对自己的乡亲也照样下手。如果都昌本县人氏因待遇太低举行罢工，他们照样会联合官府出动武装勒令复工，并且让为首者在景德镇无立锥之地，从此永远离开这个行业。

他们见佛杀佛、见魔杀魔，谁挡了他们的财路，影响了他们的声誉，他们立即群起攻之。某个饥年，开米行的徽帮乘机涨价。米价贵了，都昌人的生活将受到影响。这怎么可以！他们立即撺掇瓷工上街砸米店，把米商打得落花流水。某年抚州人做会，为壮声威，扎台阁游街。都昌人借口其中有台阁内容为“老虎吃猪”，江西人土话，虎音同抚，猪音近都，台阁之意为抚帮要吃掉都帮，在御窑厂前当即聚众，并向抚帮铳手掌管的硝桶内投以烟火，引发爆炸，伤及多人。最后抚州人忍气吞声，撤掉所有的台阁，才平息了纷争。

当然，他们也有江湖老大的勇于担当与牺牲。1926年，北洋军阀刘宝题败军过景德镇，要求商会（帮会之上的社团组织）限期上交银元一百万（后还价到八十万），不然就给士兵放假三天，烧杀抢掠而不顾。是都昌人慷慨解囊，凑足了一半以上的银两（另一半由徽帮和杂帮凑齐），帮全镇百姓度过了危机。

另外，他们还担起了景德镇瓷业技术革新的责任，在施釉、利坯、烧成、装饰等技法上都进行了可贵的探索，取得了了不起的成就。他们在财富的积累上也做出了贡献。清末民初，景德镇的人们按经济实力给全镇搞起了排行榜，依次为三尊大佛、四大金刚、十八罗汉，都昌人占了大佛两尊、金刚两位、罗汉九名……

泼皮，霸道，凶狠，贪婪；慷慨，勤苦，富有，创造……都昌人成了景德镇的多面人。他们到底是匪类还是英雄的后裔；他们到底是鲁智深，还是镇关西；他们浪荡在景德镇街头，是胡搅蛮缠的烂仔，还是说话算话的好汉？

而他们真正的身份，是一群没有退路的人。他们的家乡都昌，十年九淹，他们那些靠近鄱阳湖的田地，往往一年到头颗粒无收。水让他们一无所有，他们只好改投到火的门下。在景德镇，他们从无到有，从弱到强，费尽周折攒下了属于他们的一片江山。捍卫这样的一片江山，他们必须不择手段、全力以赴，这就是他们在景德镇蛮横无忌的逻辑。

都昌会馆的地址在旧金家坟头北侧，被景德镇人称为风水宝地的都昌会馆毗邻一片坟头高耸的坟场。这一事实似乎对应了都昌人在景德镇的生存伦理：不知死，焉知生。没有死，哪有生？只有向死而生，只有置之死地而后生，手中的江山才会如铁桶般坚固，都帮才会在潜流暗涌的江湖中立于不败之地。

柒

然而江湖是需要热血来喂养的。没有血雨腥风的江湖，从来就不是真正的江湖。全身没有累累伤痕的老大算什么老大？不与狮子对决的老虎算什么王者？十八省码头的景德镇曾有过残忍血腥的火拼往事，都昌会馆也有过油煎火烹的惨烈时刻。

那是民国十六年（1927）五月十三日（关老爷生日）下午，饶州七县合建的饶州会馆轮到了乐平人做会（借关老爷生日做会不仅是都昌会馆的专利，也是赣东北一带长年的习俗活动），乐平人请来了饶河四大名班之一，也是乐平本地最有名的戏班明经同乐班登台唱戏。景德镇周遭的百姓，特别是与景德镇相距仅几十公里的乐平人闻讯赶来，饶州会馆立即人声鼎沸。正当台上戏班演得精彩、台下观众听得欢腾时，市警察局嵇姓队长率队闯入了会馆，扬言说是奉上峰命令，调查乐平人聚众闹事，正在演出的戏班必须“封箱”(停止演戏，戏袍入箱封存)。

把正常做会说成是聚众闹事，让正在演出的戏班无故停止，这跟当众甩人耳光、饭桌上夺人饭碗有何区别？接受了这一结果，乐平人以后怎么在景德镇地界混下去？爱吃狗肉、性格刚烈的乐平人与嵇队长辩论。嵇队长身边的乐平人越聚越多。嵇队长眼看局面有失控之虞，情急之下掏出手枪对空连放两枪。有一个乐平里村青皮后生悄悄绕到了嵇队长身后，举起大刀，对着嵇队长的脑袋一刀劈下。

嵇队长身首异处。乐平人被血鼓舞，索性杀出了会馆，涌上了街头。早有人向他们的老家乐平通风报信，整个乐平也都行动了起来，疏散了老弱妇孺，在进入县境的许多路口设了卡。许多年轻后生手持大刀、梭镖、铁棍，向景德镇集结，与景德镇街头的乐平人会合，并向市政厅方向奔去。他们要去市政厅找据说下达了封箱令的市长评评理。他们要问问警察署怎么可以这么欺负人。当他们经过都昌会馆，看到同样做会的都昌会馆戏台上正在上演《火烧子都》。与都帮从万历年间就有积怨，且正与都昌人的某个小团体发生纠葛的乐平人，立即生起只准州官放火不许百姓点灯的愤懑，满腔的怒火立即发泄到了都昌人身上。

乐平人冲进了都昌会馆，见人就杀。从来无人敢冒犯的都昌会馆，顿时血流遍地。他们或许从都昌会馆正在演出的《火烧子都》戏名中得到启发，把不知从哪里弄来的几箱煤油泼到戏台上，将会馆点燃。从来都窗明几净的都昌会馆，顿时火光冲天，浓烟滚滚。

都昌人惊呆了，他们好一会儿才从混乱的阵势和遍地的血污中回过神来。待明白了来龙去脉，他们立即以姓为单位在景德镇集结。二十四姓会首面色凝重。景德镇的都昌人个个杀气腾腾。磨刀的霍霍之声响彻景德镇。数百年来没有吃过如此大亏的都昌人知道，他们的江湖老大地位受到了前所未有的挑战。捍卫他们尊严和地位的时刻到了。

在景德镇，都昌人和乐平人开始了公开的较量——

他们首先开始了烧杀。

五月十三日当晚，都昌人连夜展开了行动，背枪拿刀从景德镇出发，绕开了乐平人设卡的路口，沿着田间小道摸到了乐平在景德镇的大本营里村，点燃了烧村的干柴，面对村民举起了刀枪。里村被烧房屋一百多幢，村民死伤无数。其后，都昌人又从罗家坞、八卦山包抄到乐平人群居的后街大器匣钵厂一带，放火烧了十多幢屋子。

乐平人也不示弱，烧了陶王庙都昌人居住的好几幢房屋。

他们开始了俗称“钓蛤蟆”的杀人比赛。

乐平人在三宝蓬、银坑坞和景德镇通往都昌的必经之路——龙塘山一带设卡，只要碰上都昌人，不论男女老少，不分青红皂白，一律杀掉。

都昌人蹲守在马鞍山、社公庙一带，只要看见乐平人，也不留活口。

乐平的饶河班武功演员也参与了杀人，其中一名敲大锣的麻子用梭镖捅死了好几个都昌人。正当他为自己的武功得意之际，都昌人盯上了他。几天后，乐平人在马鞍山的刺芭垄里发现了他的尸体。

有一名桶匠对都昌人、乐平人械斗毫不知情，挑着担子去景德镇，正要过河，被警戒的乐平人发现，一问是都昌人，一刀杀死，一对挑子骨碌碌滚下河去……

那一场真刀真枪的仇杀持续了一个多月，仅在景德镇市区内的死者就有百人以上，景德镇附近乡间路上的死者不计其数。有受伤没死的，立即被送往苏湖会馆和饶州会馆。那里由当地政府、社会知名人士和医务人员设立了医疗救助机构。这两个会馆是双方的禁区，即使仇杀最凶狠的时候，也不会有人向这两个会馆发动袭击。

古老的景德镇血浆迸射，空气中弥漫着令人作呕的血腥味。苍蝇比往年多了几倍。难得一见的老鹰也会在空中盘旋，发出难听的不祥叫声。街头到处是死神践踏过的痕迹。都昌、乐平之外的外地人士，为让自己的房子免受火患，纷纷在大门上贴上“丰城李寓”“南昌叶宅”等字条。过去喧嚣的景德镇变得冷冷清清，没有人敢在街头闲逛。倒是哑巴多了起来，原因是人们发现，如果装聋作哑，不管是都昌人还是乐平人，或许可以侥幸逃脱。

一个画师忽然发现，他昨日绘就的渔父今日消失了踪影，他是不是加入了砍杀的队伍？而瓷壁上刚刚满脸娇羞的仕女忽然变得表情悲苦，她是不是刚刚做了寡妇？谁会料到，那青花釉里红的红釉，竟是由血浆做成的颜料；那世界瓷都景德镇的瓷器釉面的白，也会是森森白骨的白！

1927年农历五月至六月的景德镇，担负起江湖老大角色的不再是凶狠霸蛮的都昌人，而是举着刀枪的魔鬼，在景德镇街道和附近路口游荡的死神。景德镇最令人敬畏的建筑，不再是旧金家坟地北侧的都昌会馆或其他会馆，而是景德镇周围的一座座新坟。

有没有办法让时光倒退重来？在1927年农历五月十三日那一天，让命运重新安排嵇姓队长被人请去喝上一顿酒，因此误了去上饶会馆查案，而让乐平人的会可以顺顺当当地做下去？如此，那砍杀是不是就不会发生，景德镇就会依然太平？

捌

都昌人与乐平人相互砍杀，可他们并不伤及第三方。只有一个外地少年遇到了意外，原因是他听说都乐双方约定在老鸦滩附近决斗，出于好奇躲在对面的山上观战，被人误以为是对手盯梢，用梭镖刺穿了咽喉……

在以籍贯为原罪的杀戮中，有一件事情让人觉得温暖：有两百多名在乐平县城做手艺和生意的都昌人被抓，正走在绑赴“刑场”砍头的路上，乐平县县长连忙派人劝说，要乐平人全部交给政府来执行死刑。他们被关进了监狱进行保护，直到械斗结束后才被放回。

景德镇市政公署派遣的人民自卫团、工人稽察队、商民自卫团出入在景德镇的大街小巷。他们封锁了乐平里村进入市区的道路，以限制乐平人的行动。江西省政府也派军队前来弹压。仇杀的事件日益减少，械斗终于停了下来。

都昌与乐平的人们杀累了。他们终于明白，仇恨和杀戮解决不了任何问题。他们到景德镇，不是求死，而是求生，把景德镇变成一座死亡之城并不是他们的初衷。因此，他们转而寻求和解之道。

通过政府、其他帮会及相关社会力量的积极斡旋，他们终于平静了下来，开始具体善后。乐平人担当起了首责，因为事是他们惹起来的，理应由他们来承担后果。乐平人成立了善后委员会，召开了一个又一个会议，讨论了如何筹资、如何对双方死者赔偿的方案。最后，举行了一个由景德镇各界代表参加的亲善大会。

他们放下了卷了刃的刀和发烫的枪管，清理了街头的血污，掩埋了所有尸首。他们对死者家属进行了抚恤——执行公务的稽队长和挑着担子的桶匠家属应该也得到了补偿。他们对烧坏的都昌会馆进行了象征性的补偿——区区三千块怎么够？可都昌人并没有异议，默默接受了乐平人的赔偿。他们重新转动拉坯的转盘，生起冷了多日的窑火。整座景德镇在悲伤中开始了新的生活。景德镇的人们知道，既然时光不能推倒重来，最好的办法就是早日把这痛苦的一页翻过去。

装满了槎柴的独轮车走在街头，放着风筝的孩童奔跑于乡间的春天里，运送瓷器的船只停泊在昌江河畔，酒馆里爆出了划拳的声音……景德镇恢复了往日的秩序。

只有位于旧金家坟场北侧的都昌会馆，残破、焦黑、戏台塌陷的都昌会馆，很多年里雨水冲刷不尽、青苔遮盖不了的都昌会馆，像个灾难中伤痕累累的幸存者，提醒着这块土地上曾经发生过的悲剧。那被烧残的关帝殿前持刀抚髯的关公，多像一名风雨中受难的悲情英雄。

玖

经过了1927年的烧杀，都昌会馆再不见从前的嚣张、蛮横、咄咄逼人，而是有了仿若中年的苍凉、悲伤、五味杂陈。它不再是过去金碧辉煌、人人敬畏的宫殿，而变成了一个灾难过后来不及修缮的遗址。过去，它或许是一名血气方刚、脾气火暴的街头少年，一名铠甲在身、威风凛凛的战士，那么现在，它就是一位解甲归田、粗布旧衫的老者。它以前或许是一只老虎，现在，它成了一只眯缝着眼睛的病猫。

它对景德镇的介入明显比过去减少。它不再轻易对整座景德镇发号施令。遇到不知底细、出言不逊的外乡人，它不再拳脚相向、大打出手，而是变得隐忍、谦逊、拱手相对。它不再请戏班子唱戏，原因是都乐惨案发生后，所有会馆以唱戏聚人气、会乡友的活动都被明令禁止。它的时间明显地慢了下来。从1927年到1936年，十年的时间何其长久，可它一直是一副无所作为的懒洋洋的样子。它对被烧毁的部分不加修缮。外墙有墙皮脱落的地方，屋顶有瓦片漏雨的地方，它也不对其进行必要的处理。雨天的天井雨水滴答，它一言不发的样子，仿佛历尽了沧桑。

十年，它似乎陷入了长久的思考之中。它会不会反省自己：多少年来，他们在景德镇横行无忌、所向披靡，其实也是无形中积攒

老瓷器街

了烧向自己的火焰？出来混迟早要还，1927年的都乐惨案，害死那些都昌子弟的，除了性格暴烈的乐平人，是否还包括自己？

十年之后，都昌人才想起了要修复已明显露出败迹的都昌会馆。他们成立了重建筹委会，按姓氏人头及大户财产等进行筹款。自1937年开始动工，修了足足八年，才迎来了会馆上梁的时刻。他们挑了1945年8月15日那天给会馆上梁。那一天是日本无条件投降之日。那一天景德镇社会各界都来庆贺，一时间鞭炮齐鸣，人人喜笑颜开。挑选这一天作为自己会馆的上梁日，这是都昌人的聪明。举国同庆之日，谁会把一座会馆的上梁之举，理解为向所有人展示膂力的行为？

然而接下来国家并没有获得安定。国家不幸，景德镇瓷业如何能鼎盛？都昌会馆的修建工作终因资金不够半途而废。那修复后的关帝依然威风凛凛。那大火烧过的戏台却因无力修建而野草蔓生。如果有一天从里面蹿出了蛇，那蛇身上的花纹，肯定会像当年的戏袍一样妖冶艳丽。

时光荏苒，那景德镇的瓷壁上，梅花刚谢，桃花又开。那曾经漂荡着片片帆影的昌江河，河水涨了又落。多少年过去了，这世界早已翻了天覆了地，哪里还能找到一个叫旧金家坟场的地名？高楼林立的景德镇，又哪里寻得到一座名叫都昌会馆的巨型建筑？那些江湖间的恩恩怨怨，又有几人记得分明？曾经的街头喋血，留下过多少印迹？

只有青花依然盛开。它看起来如此无辜，不谙世事，然而它是永恒的王者。无论是以江湖老大自居的都帮子弟，还是赔着笑脸的外地瓷商，或者是曾经提着刀枪冲向街头的乐平人，无论是画师、工匠，还是官吏、戏子，都不过是它面目模糊的奴仆。

后 记

从2013年至今，三个年头过去了。

三个年头，我钻进了景德镇的历史中，最后只写出了这不多的八篇文章，薄薄的十余万字。

这是极低的产量。老实说，在具体的写作中，我遇到了没有预料到的困难：沿着景德镇这个题材走下去，我有了望不到尽头的茫然之感。另外，瓷器属于工业范畴，要弄懂采石、挛窑、水点桃花、苏麻离青这些专业知识，脑门子都弄晕了。

何况，我所需要的景德镇的资料，太少太少。古代文字的权力被上层社会所掌控，那些底层的工匠，那些湮没在流水线上的无名画师，怎么可能得到笔墨和版面的眷顾？

好几次，我想放弃。即使至今，我还有计划中的比如关于官府、世家等篇什没有完成（说不定以后有机会修订再版，我会重拾写下去的信心）。可是，我声明，这真是我想写的一本书。

我有比起许多人来说要大得多的虚荣心：我想写一本文化之书，一本唯美之书，一本有我个人喜欢的气息和气质的书。

我想通过这一次不成熟甚至可以说是未完成的写作，向我喜欢的钱穆、黄仁宇、余英时、史景迁、孔飞力、魏斐德等中国历史的写作者致敬。

我还想借着这本书取悦我自己。

感谢景德镇好友江华明、刘庆玉、孙立新等兄。我去景德镇采访以及写作期间，他们都给了我许多热情的帮助，他们读了其中的部分文字，总是及时给我鼓励。

感谢浙江的郑骁锋、鲁晓敏，江苏的葛芳等文友。他们也是在读到我的部分文字后对我鼓励有加。郑骁锋和葛芳还曾陪同我走访景德镇，美其名曰是为这部书举行开笔仪式。郑骁锋先生更是每篇通读。作为历史散文写作的熟手，他的许多批评意见对文章的修改产生了积极的影响。

对本书图片提供帮助的有曾孜荣、祝星松、吴国涛、欧阳周遐、彭路、谢玮、徐光荣、刘裕黑、许建华等诸老师和好友。在此一并致谢。

感谢中国作协定点深入生活项目的扶持。项目的管理者一面不断督促我完成这部书稿，一面对我蜗牛般的写作速度保持了极大的宽容和耐心。

感谢这本书的出版者，以及一切爱我和我爱的人。

江 子

2016年10月

延伸阅读

1. 中国硅酸盐协会主编：《中国陶瓷史》，文物出版社，1982

2. 冯先铭主编：《中国古陶瓷图典》，文物出版社，1998

3. 马未都：《马未都说收藏》，中华书局，2008

4. 耿宝昌：《国粹青花瓷辨伪》，故宫出版社，2011

5. 李辉柄、耿宝昌：《青花瓷鉴定》，福建美术出版社，2010

6. 吴仁敬、辛安潮：《中国陶瓷史》，团结出版社，2006

7. 祝桂洪编著：《景德镇陶瓷传统工艺》，江西高校出版社，2004

8. 余春明：《中国名片——明清外销瓷探源与收藏》，生活·读书·新知三联书店，2011

9. 甘雪莉：《中国外销瓷》，东方出版中心，2008

10. 孔远志、郑一钧编著：《东南亚考察论郑和》，北京大学出版社，2008

11. 肖丰：《器型、纹饰与晚明社会生活》，华中师范大学出版社，2010

12. ［法］杜赫德编，郑德弟、吕一民、沈坚译：《耶稣会士中国书简集——中国回忆录》，大象出版社，2005

13. ［英］加文·孟席斯著，师研群译：《中国发现世界》，京华出版社，2005

14. 钱穆：《国史大纲》，商务印书馆，2011

15. ［美］黄仁宇：《中国大历史》，生活·读书·新知三联书店，1997

16. 张海国、万千编著：《千年瓷都景德镇》，上海大学出版社，2005

17. 龚农民等编注：《景德镇历代诗选》，中州古籍出版社，1994

18. 熊寥主编：《中国陶瓷古籍集成》（注释本），江西科学技术出版社，2000

19. 王宪岳：《陶瓷》，中国文联出版社，2009

20. 张海国编著：《珠山八友及其传人》，上海大学出版社，2007

21. 耿宝昌、秦锡麟主编：《珠山八友》，江西美术出版社，2004

22. （清）唐英：《陶冶图说》，中国书店，1993

23. 张敏：《大清督陶官唐英》，江苏凤凰美术出版社，2016

24. （清）唐英著，张发颖、刁云展整理：《唐英集》，辽沈书社，1991

25. 程庸：《国风西行》，上海人民出版社，2009

26.（清）龚轼：《景德镇陶歌》，中国海洋大学出版社，2014
27. 刘朝晖：《明清以来景德镇瓷业与社会》，上海书店出版社，2010
28. 马冀良、马冀武编著：《中国陶瓷艺术大典》，天津教育出版社，2009
29. 孔令仁等：《郑和》，三秦出版社，1991
30.（清）谢旻等修，陶成等纂：《江西通志》，成文出版社有限公司，1989
31.（清）黄廷金修：《瑞州府志》，成文出版社有限公司，1970
32.（清）张鹏翥等修：《高安县志》，成文出版社有限公司，1989